JN042333

身体から始まる極上蜜愛

～完璧御曹司に心まで堕とされました～

m a r m a l a d e b u n k o

西條六花

marmalade bunko
マーマレード文庫

目次

身体から始まる極上蜜愛
～完璧御曹司に心まで堕とされました～

プロローグ …… 6
第一章 …… 25
第二章 …… 53
第三章 …… 87
第四章 …… 108
第五章 …… 144

第六章 ………………… 183
第七章 ………………… 225
第八章 ………………… 258
エピローグ ……………… 295
あとがき ……………… 318

身体から始まる極上蜜愛

～完璧御曹司に心まで堕とされました～

プロローグ

三月下旬の東京は桜が満開で、どこを歩いてもピンク色の花びらがハラハラと舞っている。もうすっかり日が暮れた時間帯だが、昼とは趣が違って夜桜もなかなかいいものだ。

明日は仕事が休みという金曜日の夜、奥野燈子《おくのとうこ》は新宿にあるミニシアターにいた。

（最終上映に間に合ってよかった。この作品、観《み》たかったんだよね）

映画好きが高じて映画配給会社で働く燈子は、仕事が終わったあとや週末など、時間が許すかぎり映画館に足を運んでいる。

今日訪れているのは三つのスクリーンを持つミニシネコンで、総座席数は三〇〇席ほどと小規模だ。ハリウッド系の有名作品からミニシアター系のマイナー作品まで幅広く上映しており、長く映画ファンに親しまれている。

ロビーには上映作品ごとに趣向を凝らした展示があり、レトロな雰囲気の内装やふかふかのシートなどがポイントが高く、ときどき訪れる場所だった。

受付後に整理券が発行され、その順番で入場する。今回の作品は、イギリスを舞台にした幼馴染《おさななじみ》ものだ。

両想《りょうおも》いだったにもかかわらず、何年ものあいだ些細《ささい》な言葉やそのときの感情ですれ違い、告白することができずにいた男女の十数年にも及ぶ壮大なラブストーリーで、涙なしには見られない。

映画が終わる頃には周囲からすすり泣きが聞こえ、燈子も小さく洟《はな》を啜《すす》った。エンドロールまで見て余韻に浸り、充実の息をつく。

（はあ、すごくよかった。ハラハラとドキドキが交互にくる感じで、最後まで目が離せなくて）

場内が明るくなり始め、燈子はバッグを持って立ち上がる。

このあとは東田端《ひがしたばた》の自宅アパートに帰り、冷蔵庫にあるもので適当に夕食を済ませる予定だ。山手線一本で乗り換えはないため、三十分ほどで着く。

通路を歩いていた燈子は、ふと一人の男性がシートに座ったままでいるのに気づいた。仕立てのいいスーツを着た彼は三十代に見え、とても端整な顔立ちをしている。

スクリーンをまっすぐに見つめたままの男性の頬に、つうっと涙が伝っていくのを目撃してしまい、燈子は内心ドキリとした。

（……感受性豊かな人なのかな。男の人って、涙を隠したいものなんだと思ってた）

目をそらして通り過ぎようとした瞬間、男性がふいにこちらを見る。

まるで見てはいけないものを見てしまったような気まずさをおぼえた燈子は、精一杯何食わぬ顔で立ち去ろうとした。しかしその瞬間、彼がポツリと「……光里《ひかり》?」とつぶやき、席から立ち上がる。

そして血相を変えてこちらの腕をつかんできた。

「光里……!」

「えっ?」

突然のことに驚き、燈子は足を止めて男性を見上げる。

こちらの顔をまじまじと見つめた彼は、自分が人違いをしたのに気づいたらしい。ハッと表情を改めた男性が、つかんでいた手の力を緩めて言った。

「失礼。あなたが知人に……よく似ていたもので」

「そ、そうですか」

間近で整った顔と目が合ってしまい、燈子はしどろもどろに答える。

その〝知人〟とは、彼にとってよほど大切な人なのだろうか。つかんだ手の力と必死な表情から、何となくそんな気がした。

燈子が「失礼します」と言って踵《きびす》を返そうとしたところ、男性が「あの」と言う。

「お名前を、お聞きしてもよろしいでしょうか。あなたがあまりにも知っている人に似ているので」

「えっ、あの……奥野です」

「失礼ですが、相沢《あいざわ》光里という名前に聞き覚えはありませんか」

彼が口にした名前にはまったく聞き覚えがなく、燈子は戸惑って答える。

「ありません。うちの親戚にも、相沢さんという方はいないように思いますが」

「……そうですか」

それを聞いた男性の顔に落胆の色がにじみ、燈子は何となく罪悪感をおぼえる。

だが知らないものはどうしようもなく、遠慮がちに言った。

「すみません、わたしはこれで」

「はい。お呼び止めして、申し訳ありませんでした」


燈子が働いているのは独立系の映画配給会社で、ミニシアターでの上映作品を多数扱っている。

仕事の内容は、まずは製作された数々の映画の中からヒットしそうなものを見極め、それを買う〝買い付け〟、全国規模の興行からミニシアターまで、どの映画館でどのくらいの期間上映するかを交渉する〝ブッキング〟、そして映画をより多くの人に観てもらうための予告編やポスター製作、俳優の舞台挨拶や外国人俳優の来日記者会見などを企画する〝宣伝〟などがある。

映画配給に携わっているのは大手映画会社の配給部門、もしくは独立系映画配給会社のどちらかしかないが、新卒の採用はほとんどない。

映画関係の仕事に就きたいと考えている若者は多く、就職するのは狭き門で、燈子は学生時代からインターンとして仕事に関わり、その後はアルバイトを経て二年前に正社員に登用してもらった。

映画配給会社で働く最大の魅力は、何といってもさまざまな未発表作に出合えることだ。そして自分が素晴らしいと思う作品を世に広め、それに対して大きな反響があると、とても充実した気持ちを味わえる。

とはいえ公開された映画が当たるかどうかは蓋《ふた》を開けてみないとわからず、思ったように売り上げが上がらないこともあり、厳しい世界だといえる。〝映画が好き〟という気持ちだけではなく、どのように売り込むかを考える日々は、忙しいがとても刺激的だった。

四月上旬の水曜日、燈子は朝十時に出社した。

「おはようございます」

「おはよう」

社員の平均年齢は三十代半ばで、社長以外には十一人しかおらず、男女比は半々くらいだ。

仕事は海外の会社とやり取りすることがあり、勤務時間が不規則になりがちなことからフレックスタイムが導入されているが、燈子の出勤時間は毎日だいたいこのくらいだった。

今日の業務はブッキングが主で、まずは各地の映画館に電話をかけ、売り込みをかける。

「株式会社オムニブスフィルムの、奥野と申します。新作のブッキングの件でお電話したのですが」

映画館には〝チェーン〟と呼ばれる全国規模の興行網の他、ミニシアターといわれる小規模なものなど、さまざまな種類がある。

ブッキングはどの映画館でどの映画を上映するのかを選定し、適切な公開劇場数を確保しなければならず、交渉はとても地道なものだ。

それをみっちり二時間こなしているうち、昼休みになる。午後からは手が空いている社員たちで映画を試写し、配給するかどうかの検討をした。

今回はイラン人の監督によるヒューマンミステリーで、見終わったあとに感想やターゲットとするべき層、どのように売り出すかを話し合う。

「救いがない映画で、リアルさがまるでドキュメンタリーだね。イランの不安定な国情が、随所から窺《うかが》えるのがいい」

「宗教とか国を深く振り下げて描かれているところが、作品に深みを与えてる気がしない？」

「あー、わかる。失業問題と宗教、それに男尊女卑、亡命が複雑に絡《から》み合《あ》ってるのがいいよね。この重苦しさは、観たあとに満足感がある」

目の肥えた先輩社員たちの感想を聞くのは、燈子にとってとても楽しい。

好きな部分を共感し合えたり、「着眼点が面白い」「自分が受けた印象は少し違うけど、こういう意見もあるんだな」と感じる部分もあり、なるべく細かくメモするようにしていた。

やがてチーフである小林大吾《こばやしだいご》が言った。

「レポートは、各自明日までに提出。併せて今後配給予定の作品の売り上げ予測、宣伝規模のレジュメもまとめておくように。じゃあ、解散」

自分のデスクに戻った燈子は、夕方からみっちり自分の企画を練る。採用されるまでには細かなチェックを受けるため、何度も練り直して修正しなければならない。

集中して作業したものの、どうにも上手くまとまらず、午後七時半に切り上げて退勤した。

「お先に失礼します」

「お疲れさん」

ビルの外に出ると、ひんやりとした夜気が全身を包み込んだ。

スマートフォンを操作し、上映中の作品をチェックして向かったのは、品川《しながわ》にある映画館だ。駅から徒歩二分のホテル内にあり、午後八時以降はレイトショーで料金が安くなる。

仕事でさんざん映画を観ているにもかかわらず、プライベートでもわざわざ観に出掛けるのは、もはや職業病と言っていい。むしろここまでの映画好きだからこそ、仕事を頑張れる部分があるといえる。

電車に乗って約十分、目的の映画館に着いた。ここは規模的にはそう大きくはないものの、ゆったり座れる席がある。いつも他館より空《す》いていて、一人で来るにはもってこいの雰囲気だ。

燈子が選んだのは、イタリア人監督によるマフィアものだった。政府に寝返った大物マフィアを描く実録犯罪ドラマで、麻薬と殺人で堕落したコーザ・ノストラに絶望した大物マフィアと、マフィア撲滅に執念を燃やす判事の信頼関係、そして告発後に死の影に怯《おび》えるマフィアの心情がスリリングで、手に汗握る展開に見ごたえがある。

午後十時半、上映が終了して席を立った燈子は、余韻に浸りながら通路に出た。帰ったら夕食を食べがてら、先ほど観た作品の感想をまとめよう――そう考えつつ歩いていたところ、ふいに「あっ」という声が聞こえる。

周囲を見回すと、人の流れの中で立ち止まり、こちらを見ているスーツ姿の男性がいた。切れ長の目元ときれいに通った鼻梁《びりょう》、薄い唇など、シャープでありながらほんの少し甘さを漂わせた端整な顔立ちは見覚えがあるもので、燈子は驚いてつぶやいた。

「あなたは……」

「また会いましたね」

そこにいるのは、十日ほど前に新宿のミニシアターで出会った男性だ。

彼は前回と同様に、一目でハイブランドだとわかるスーツを着こなしている。スラリと背が高く整った顔立ちで、どことなく貴族的な雰囲気を持つ男性は、人が多くいる場でもひときわ存在感があった。

こちらに歩み寄ってきた彼は、微笑《ほほえ》んで言った。

「二度もニアミスするなんて、本当に奇遇ですね。映画がお好きなんですか？」

「はい。そういう仕事をしていて、趣味と実益を兼ねているんですけど」

燈子の答えに男性は目を丸くし、問いかけてくる。

「そういう仕事とは、映画関係とか……？」

「映画の配給会社で働いています。ミニシアター系の作品を買いつけて、配給する仕事です」

「なるほど。だから映画館に足しげく通われているんですね」

彼の態度は折り目正しく、笑顔が爽やかで清潔感がある。

まるで王子のように気品のある男性を前に、燈子はムズムズとした居心地の悪さをおぼえた。話を切り上げるタイミングを考えていると、突然彼が提案してくる。

「よろしければ、少しお話ししませんか」

「えっ？」

「あなたとは趣味が合いそうですし、二度も顔を合わせるのはご縁を感じるので」

「でも……」

燈子が言いよどんでいると、男性は腕時計で時刻を確認して言った。

「この時間だと、ティールームはもう閉まっていますね。このホテルの最上階にラウンジがあるので、そこに行きましょう」

こちらの返事を待たず、彼はさっさと歩き出してしまう。燈子は内心パニックになった。

（そんな、どうしよう。ホテルのラウンジなんて行ったことないんだけど……）

焦った燈子は、急いで断るべく男性の背中に声をかける。

「待ってください、あの……っ」

しかしそのとき彼の胸ポケットでスマートフォンが鳴り、「ちょっと失礼」と言って電話に出た。

「間宮《まみや》です。……ああ」

どうやら仕事の電話らしく、男性は話しながらエスカレーターに乗る。

断るタイミングを逃した燈子は、電話の邪魔にならないよう、黙って彼についていくしかなかった。

男性はエスカレーターでひとつ下の階に下りたあと、連絡通路を通ってメインタワーに向かう。そこからエレベーターに乗り込み、最上階である三十九階のボタンを押した。

上昇し始めた箱の中、ようやく通話を切った彼が、こちらを見て言う。

「すみません、仕事の電話で」

「いえ」

こんな時間に電話がかかってくるなんて、一体何の仕事をしているのだろう。

そう考えているうちにエレベーターの上昇が止まり、ドアが開く。そこは天井が高いラグジュアリーな空間で、シックな内装が落ち着いた雰囲気だった。

大きな窓からは地上一四〇メートルからのきらめく夜景が愉《たの》しめ、燈子は思わず目を瞠《みは》る。

「……きれい」

「何を飲みますか？　シャンパーニュやワイン、カクテルも一〇〇種類くらいありますが」

迷った末に、燈子はノンアルコールのカクテルを選ぶ。男性は白の辛口のワインをオーダーし、微笑んで言った。

「お名前は、確か奥野さんでしたよね。僕は間宮といいます」

「……間宮さん」

十日前にほんのわずか話しただけの自分の名を、正確に覚えている。その事実に驚く燈子に対し、彼――間宮が言葉を続けた。

「人の顔と名前を覚えるのは、昔から得意なんですよ。先ほどの奥野さんの言葉をお借りすると、〝そういう仕事〟なので」

「と、申しますと……？」

「ホテル関係です。大勢のお客さまを相手にしますから、まあ職業病ですね」

間宮がホテルマンだと聞いて、燈子はすっかり感心してしまう。

こんなにも洗練された物腰の彼が働くホテルは、さぞかし高級なところに違いない。

そんなことを考えていると、間宮が問いかけてくる。

「奥野さんは映画配給会社に勤務されているとのことですが、この間のミニシアターなどは、敵情視察的な意味合いがあって訪れているんですか？」

「いいえ。仕事でも日常的に映画を観るんですけど、会社の外での映画館巡りは完全に趣味です。メジャーなのもマイナーなのも、とにかくいろいろ観たい性質《たち》なので」

運ばれてきたワインを一口飲み、彼が話題を振ってきた。

「さっきの映画は、面白かったですよね。実話を元に描かれたマフィアの内部告発ですが、主人公の内面の描写が秀逸で」

「わかります。わたしが印象的だったのは、敵対する組織の幹部たちと顔を合わせる法廷のシーンです。日本とは全然違っていて、何だかカルチャーショックでした」

映画の話題になると熱が入り、ついあれこれと感想を述べてしまう。

間宮の洞察力もかなりのもので、燈子は同好の士との会話に気持ちが高揚するのを感じた。ノンアルコールのシャーリーテンプルを飲みつつ、燈子はふと思い浮かんだ疑問を口にする。

「間宮さんもあちこちのシアターに行かれているみたいですけど、かなりの映画好きなんですよね。いつもお一人で鑑賞されてるんですか?」

「ええ。映画鑑賞は、僕にとって気分をリフレッシュするための大切な時間なんです。仕事ばかりだと煮詰まってしまいますが、映画は心を新しい世界に連れていってくれますから」

彼はミニシアター系の劇場にもあちこち足を運ぶといい、最近見た作品の話に花を咲かせる。

気づけば三十分以上も話し込んでいて、燈子は時間を見て慌てて言った。

「すみません、わたし、もう帰らないと。明日も仕事なので」

「ああ、タクシー代をお支払いしますので、どうかご心配なく。お引き止めしたのは僕ですから」

事も無げに告げられ、燈子は「でも」と言いよどむ。間宮がふと居住まいを正し、口を開いた。

「会って二度目でこんなお願いをするのはどうかと思いますが、僕と連絡先を交換していただけませんか？」

「えっ？」

「奥野さんとお話ししていて、僕は楽しかった。打てば響くように答えが返ってきますし、観る映画の傾向も似ている。もちろん奥野さんは仕事柄、他にもいろいろなものを観ていらっしゃるとは思いますが、こんなにも話が合う人はあなたが初めてなんです。お互いの時間があるときに、また感想などを言い合えたらなと思うのですが、いかがでしょうか」

突然の提案に燈子は戸惑い、口をつぐむ。

こんなふうに人と知り合うのは初めてな上、相手が端整な顔立ちの男性とあって、どう答えていいかわからなかった。

（どうしよう。確かに話すのは、楽しかったけど……）

間宮は燈子が今までつきあった男性とは違い、見るからに育ちの良さを漂わせている。丁寧な言葉遣いや落ち着いた物腰、醸し出す空気はどこか王子めいていて、だからこそ映画館の雑多な雰囲気の中でも目立っていたのかもしれない。

言いよどむ燈子に対し、彼はなおも畳みかけてきた。

「二度も偶然会うなんて、きっと僕たちは波長が合うのではないかと思うんです。連絡は奥野さんのご都合のいいときで構いませんから、どうかお願いします」

熱意を込めた口調で迫られ、燈子は思わず気圧《けお》されて頷《うなず》く。

「わ、わかりました。……連絡先くらいなら」

「ありがとうございます」

間宮がホッとした様子で礼を述べ、懐から名刺入れを取り出す。

「こちらが僕の名刺です。携帯電話の番号や、メールアドレスも書かれています」

差し出された名刺を受け取って眺めた燈子は、ふと目を丸くする。

（〝間宮ホテルリゾート　専務執行役員　間宮頼人《よりひと》〟……えっ、間宮ホテル？）

間宮ホテルといえば日本で有名なホテルグループで、全国で趣向を凝らした高級宿泊施設を経営していることで知られている。

間宮という苗字《みようじ》からして、彼は創業者一族なのだろうか。だからこそ専務という肩書なのかもしれないと思い至り、燈子はしどろもどろになって言った。

「間宮ホテルって……あの間宮ホテルですか？　あちこちの観光地にある」

「ご存じでしたか？　うちは大正時代に創業して以来、ずっとホテル経営を続けています。近年はそれ以外の事業もやっていますが」

改めて見ると、間宮は仕立てのいいスーツや見るからに高価そうな時計、それに優雅な佇《たたず》まいの持ち主で、いかにも大企業の御曹司といった雰囲気を醸し出している。

燈子は慌てて口を開いた。

「そ、そんな方だとは思いもよらず、失礼しました。せっかくですけど、先ほどのお話はご遠慮させていただきます」

「なぜですか？　僕は別に、特別な人間ではありませんよ。奥野さんと同様に日々働き、その対価として報酬を得ている。一労働者という点では、何ら変わりはありません」

「そうかもしれませんけど……」

「それにあなたは、僕に対して失礼な態度は一切取っていない。どうか遜《へりくだ》った言い方はやめてください」

大企業の御曹司を前に卑屈な気持ちになったのを看破され、燈子は忸怩《じくじ》たる思いを噛《か》みしめる。

彼が目元を緩ませて言った。

「僕は奥野さんと、対等な〝友人〟になりたいんです。怪しまれないように素性を明らかにしましたが、僕のことは一介のサラリーマンだと思ってくれていいですよ」

明らかに〝一介のサラリーマン〟には見えないのに、そんなふうに提案してくる間宮を前に、燈子はじわじわとおかしくなる。

一度笑ったらそれまで感じていた気後れが吹き飛んでいき、小さく息をついて言った。

「わかりました。だったら間宮さんのことは、ただの〝同好の士〟として扱います。それでいいですよね？」

「はい」

彼がホッとしたように微笑み、場の空気が緩む。

燈子はバッグの中から名刺入れを取り出し、テーブルに置いた。

「これがわたしの名刺です。所属は〝映画企画部〟ってなってますけど、社員が十一人しかいない小さな会社なので、所属にかかわらず全員で何でもやる感じです」

〝株式会社オムニブスフィルム　映画企画部　奥野燈子〟と書かれた名刺を手に取り、間宮がしげしげと眺める。そして顔を上げて言った。

「この〝オムニブス〟というのは、どういう意味なんですか？」

「ラテン語で、〝すべての人のために〟という意味だそうです。より多くの人にいい作品を届けたいという、社訓のようなもので」

「なるほど」

彼は名刺を大切そうにしまい、こちらを見る。そしてニッコリ笑って言った。

「ではこれから僕らは、友人ということで。――よろしくお願いします、奥野さん」

第一章

四月中旬の火曜日、燈子はアラームの音でいつもより一時間早く目を覚ます。

（うう、眠い……でも起きなきゃ）

普段から夜更かし気味なため、朝は毎日つらい。

だが今日は、自社で配給する映画の完成披露試写会だ。その準備で早出しなければならず、燈子は思いきって身体《からだ》を起こす。

（熱めのシャワーを浴びよう。それで朝ご飯も、しっかり食べなきゃ）

シャワーを浴びて強制的に頭を覚醒させ、メイクをして身支度をする。

1Kのアパートは足の踏み場もないほど散らかっているが、忙しいので仕方がない。一日おきに洗濯をして、自炊しているだけまだましだ。

台所に立った燈子は、スキレットを熱してバターを溶かし、冷蔵庫にあった数種類のきのこをサッと炒《いた》めた。それを脇に寄せてウインナーを二本入れ、さらに空いたところに卵を割り入れて目玉焼きを作る。

火を通しているあいだにレーズン入りの食パンをトースターで焼き、デザートのぶどうとカフェオレを添えれば、朝ご飯の完成だ。

食べながらテレビの朝番組を流し見し、食器をシンクに入れたあと、ヘアスタイルの仕上げをした。するとスマートフォンが電子音を立て、ディスプレイにメッセージのポップアップが表示される。

（あ、……）

送ってきたのは、間宮頼人だ。

内容は「おはようございます　今日は朝から会議です」という他愛《たわい》のないものだった。燈子はピアスを着けつつ、テーブルの上のスマートフォンを眺めて考える。

（間宮さん、朝晩必ず送ってくるなんて、意外にもメッセージがまめだな。あの人は専務だっていうし、本当はかなり忙しいんじゃないかと思うんだけど）

彼と出会ったのは、先月の下旬だ。

偶然にも二回映画館でニアミスし、間宮のほうから「友人になってほしい」と申し出てきた。

理由はお互いの趣味が映画鑑賞で、好みも似ているからということらしい。これまで映画談議に講じられる友人がいなかったという彼は、燈子と作品について語ったのがとても楽しかったらしく、連絡先を交換したいと言ってきた。

驚くのは、間宮の素性だ。聞けば彼は有名ホテルグループの創業者一族で、ホテルの新規オープンを手掛ける部署にいるという。

本物の御曹司を前に思わず気後れしてしまった燈子だったが、間宮の「自分は特別な人間ではない」「あなたと同様に日々働く、一労働者だ」という発言を聞き、結局友人になるのを了承した。

本当は初めて会ったときに彼が涙を流していたこと、それに自分を誰か他の人物と見間違えたことが気になっている。だがあの件について蒸し返すのは何となく気が引けて、そのままになっていた。

(まあ、ただの映画友達としてつき合う分には、関係ないしね。ああいう素性の人なんだから、こちらからあまり深入りしないほうがいいのかも)

あれから約二週間、燈子は彼とまめに連絡を取り合っている。間宮グループのCEOの息子で、間宮ホテルリゾートの専務の肩書を持つ間宮は、毎日かなり多忙なようだ。だがそんな中でも映画鑑賞がストレス解消になっているといい、これまで三回待ち合わせて一緒に映画を観た。

(間宮さんとは、何ていうか感性が合うんだよね。興味を持つ題材や共感する部分が似ているから、話していてストレスがない)

いつもレイトショーにギリギリで駆け込むため、話をするのは上映が終わったあとになる。

軽く飲みながら三十分ほど感想を言い合い、「じゃあ、また」と言って別れるのが常だったが、彼はいまだに折り目正しい態度を崩さない。

変に馴れ馴れしくならないところが誠実さを感じさせて、燈子は間宮と過ごす時間が決して嫌ではなかった。これまでは一人で観るのが当たり前だったものの、たまには誰かと一緒なのもいいと思う。

(「今日はうちが配給する映画の、完成披露試写会です」……送信、っと。よし、仕事に行こう)

会社がある東新橋《ひがししんばし》までは、トータル三十分ほどの距離だ。

自宅の最寄り駅から十駅、降りたあとで五分ほど歩き、会社に到着する。ドアを開けた燈子は、元気よく挨拶した。

「おはようございまーす」

「おはよう」

普段は皆十時以降の出勤だが、試写会がある今日は早く来ている者が多い。

先輩社員である中谷《なかたに》志保《しほ》が、早速声をかけてきた。

「奥野、プレス資料の部数と、ノベルティーの数のチェックをお願い。そっちの段ボール箱に入ってるから」

「はい！」

映画館やマスコミ関係者に配る資料は、一般に〝プレスシート〟と呼ばれている。オムニブスフィルムでは特に力を入れており、監督のインタビューや写真付き登場人物紹介、映画批評家による作品解説など、盛りだくさんの内容だ。

カラーで印刷されたそれの部数を数えながら、燈子はワクワクした気持ちを押し殺す。

（このプレス資料、かなり面白く仕上がったから、マスコミの人たちもいい記事を書いてくれるといいな。今日はキャストの舞台挨拶もあるし、すっごく楽しみ）

日本の作品の場合、試写会での出演者の舞台挨拶はときどきある。

その目的は、宣伝だ。マスコミを呼ぶために試写会の一週間から二週間前にリリースを流し、メールや電話、ＦＡＸで「試写会で出演者による舞台挨拶を行うので、ぜひ取材にいらしてください」という連絡をする。

今回の作品は新進気鋭の監督であること、そして実力派若手俳優が出演と注目度が高く、多数のマスコミが来るのが予想された。

試写会の開始は午後一時からだが、午前十時には会場となる劇場に入り、準備をしなくてはならない。まずはスタッフが全員集合して一連の流れを確認したあと、客席をくまなくチェックしたり、登壇者の立ち位置をバミったり、招待客の座席表を貼ったりと各自作業を始める。

燈子は会場の近くのコンビニにドリンク類の買い出しに出掛けたが、控室に置く分やスタッフ分も購入するとかなりの数が必要になるため、男手が欠かせない。

その後は裏口で、舞台挨拶に登壇するゲストを出迎える。会場にスムーズに入れるよう、事前に事務所側に駐車場の位置や入館ルートを送付しているものの、着いた時点でスタッフがそれぞれの控室に案内することになっていた。

それからヘアメイクの人間を入れるが、ゲストによってメイクが固定の人がいる場合と、こちら側で手配した人がやる場合があり、確認が必要だ。

ヘアメイクが指定した順番でゲストがメイク室に入っていく中、スタッフはプロジェクターや音響の調整、リハーサルなどに余念がない。

一方の燈子は関係者受付の担当で、訪れた人が提示した招待メールをチェックし、プレスシートとノベルティを手渡して席の案内をした。

（ああ、いよいよだな）

開場の十二時、受付前のホールには長蛇の列ができていた。

一般の当選者たちは皆ノベルティーのバルーンを手に歩いていて、とても華やかだ。こんなにもたくさんの人々が作品を観に来てくれ、これから内容にどんな感想を抱くのかと思うと、胸がワクワクする。

やがて午後一時、定刻どおりに約十五分間の舞台挨拶が始まった。メインキャストが登壇すると、客席から大きな歓声が起こる。それが終わったら、そのまま上映開始だ。

試写の最中は、社長を始めとした映画宣伝のスタッフが会場の片隅から観客の反応を見守る。試写終了後は帰っていく人々の見送りをしたり、マスコミや関係者から感想をもらうが、それがもっとも充実してうれしい瞬間だ。

それから撤収作業をし、会社に戻って、すぐに反省会兼企画会議が始まる。

「結構反応がよかったよね。涙ぐんでる人もいたし」

「アンケートの結果、見せて」

もらった感想は「二時間があっという間で、内容に引き込まれた」「考えさせられるストーリーだった」など概《おおむ》ね好評で、SNSの反応も悪くない。

そうしたものを踏まえて今後どのように売り込むべきか、ターゲットや宣伝方法を改めて検討する。そして午後八時に仕事を終えた。

「お先に失礼します」

「おう、お疲れさん」

試写会の日は早出で、いつもよりアグレッシブに動き回るため、身体はへとへとに疲れている。

早く帰って、熱めのお風呂に入ろう——そう思いながら会社の外に出た燈子は、スマートフォンにメッセージがきていることに気づいた。

(あ、間宮さんだ……)

間宮からは「試写会　お疲れさまでした」「今夜会えますか」と書かれている。

燈子は何と返答しようか、一瞬迷った。

(どうしよう。すっごく疲れてるし、メイクも直してないんだけど)

少し考えた末、燈子は「疲れすぎてよれよれしてるので、お会いできる姿ではありません」とスタンプ付きで返信する。

するとすぐに着信音が響き、びっくりしてディスプレイを確認すると、間宮からの着信だとわかった。燈子は慌てて指を滑らせ、電話に出た。

「はい、奥野です」

『間宮です』

低い声が耳をくすぐり、燈子の心臓の鼓動が速まる。彼が申し訳なさそうに言った。

『すみません、突然お電話して。試写会でお疲れなんですか？』

「は、はい」

『でしたら今日は映画ではなく、お食事でもいかがですか』

思いがけない誘いに驚き、燈子は口をつぐむ。すると間宮が言葉を続けた。

『元々お誘いしようと思っていたんです。いつも映画につきあっていただいている、お礼をしたかったので。疲れているなら、帰って食事の支度をするのも億劫《おっくう》ですよね？　ですからぜひご馳走させてください』

「……えっと」

突然の食事の誘いに、燈子は面食らっていた。

彼とは趣味の映画を通じて知り合い、これまで三回一緒に観た。だがレイトショーのために終わり時間が遅く、バーやラウンジで一杯飲みながら感想を言い合うのが常で、〝それだけ〟に限定された関係だと思っていた。

燈子が答えあぐねていると、間宮が畳みかけてきた。

『これからお迎えに上がります。今どこにいますか？』

「か、会社の傍《そば》です。でも」

『東新橋でしたよね。僕が今いる虎《とら》ノ門《もん》からは十分もかからずに行きますから、新橋駅のSL広場で待っていてください』

強引に話をまとめた彼は、電話を切ってしまう。

燈子は唖然《あぜん》としてディスプレイを見つめ、ひどく動揺した。

(どうしよう、いきなりとんでもないことになっちゃった。食事って言ってたけど、一体どこに行く気?)

とりあえずメイクを直さなくてはと考え、急いで手近なコンビニのトイレに入った燈子は、バッグから化粧ポーチを取り出す。

服装はいつもどおりのオフィスカジュアルで、白のボウタイ付きブラウスにベージュのセンタープレスのパンツ、肩掛けの黒い革バッグというスタイルだ。手首に嵌《は》めたゴールドのバングルとグレーのパイソン柄のパンプスが、服装のアクセントになっている。

(服、カジュアルすぎないかな。何だかすごく緊張してきた)

トイレを出た燈子は、レジでミント味のタブレットを買って外に出る。

そして待ち合わせ場所である新橋駅に向かい、間宮が来るのを待っていたが、ふいに声をかけられた。

「あれー？　奥野じゃん。どうしたの、こんなところで」

そこにいるのは、先輩社員の小向香奈《こむかいかな》だ。仕事帰りらしい彼女は、不思議そうな顔をして問いかけてくる。

「家に帰らずにこんなところで突っ立ってるなんて、一体何やってんの」

「あ、えっと、友達との待ち合わせで」

答えているところに、ふいに黒塗りの高級車が目の前に滑り込んでくる。

緩やかに停《と》まった車の助手席の窓を開けた間宮が、こちらを見て言った。

「お待たせしました、奥野さん」

「あ、……」

ドキリとして息をのむ燈子の横で、小向は突然現れたイケメンに目を丸くしている。

彼女はこちらに視線を戻すと、服の袖をつかんでヒソヒソと言った。

「ちょっと、友達ってこの人？　あんた、いつの間にこんな人と知り合ったのよ。すごいじゃん」

小向は間宮と燈子の関係について聞きたそうだったが、追及されるといろいろと面倒なことになる。

そう考えた燈子は、急いで小向に向かって頭を下げた。

「すみません、迎えが来てしまったので。お先に失礼します！」

＊＊＊

間宮ホテルの歴史は古く、創業は大正時代まで遡《さかのぼ》る。

由緒正しい公家華族で伯爵の称号を持っていた当時の当主・間宮和孝《かずたか》が、日光に和洋折衷のホテルを建てたのが最初で、それから日本全国の風光明媚《ふうこうめいび》な土地に次々とクラシックホテルを開業した。

間宮ホテルリゾートはオーナー会社である間宮ホテルの子会社に当たり、実際の運営を行うマネジメント会社だ。本社と運営委託契約を結び、ホテルの立地やスペックを精査した上で開業までのオペレーションを行い、ホテルの運営ノウハウを有する人材を〝総支配人〟という形で配置する。

総支配人は全スタッフを統括し、自社のマニュアルを基にセールスマーケティングや予約システム、レベニューマネジメントシステムなどを活用してホテル経営をしていくという仕組みだ。

平日の午後六時、間宮ホテルリゾートの専務の肩書を持つ間宮頼人は、虎ノ門にある社屋にいた。自室で仕事をしていたところ、ノックをして部下が入ってくる。

「失礼します。西伊豆《にしいず》の新規事業の開業準備につきまして、予算の部分で専務のご意見を伺いたいのですが」

「見せてくれ」

間宮は部下から資料を受け取り、それに目を通す。

ホテルの開業スケジュールは、概ね三十六ヵ月前までに建物の企画設計を終え、十八ヵ月前に開業準備室を設置する。

開業準備室でまず行われるのは、予算作成だ。その内訳は大きく分けて人件費、宣伝広告費、物品購入費となっており、人件費はホテルの規模に応じた組織図を作ることから始まる。

組織長とスタッフの数を固め、現地の給与水準に合わせた人件費単価を積み上げて作成しなくてはならないが、金額的に大きく匙加減《さじかげん》が難しい。というのも、ホテルの開業は当初の予定より遅れていくことが多く、スタッフの受け入れ時期はそれらの進捗《しんちょく》を見ながら進めなければならないからだ。

間宮は部下に対して言った。

「あまりに早い段階でスタッフを雇い入れては、人件費ばかりがかさむことになってしまう。開業準備室は本社の最低限の人数で回し、取り急ぎ選定するのは総支配人だけに留めておくべきだろうな」

「総支配人候補のリストがこちらです。系列ホテルで働いている経験豊かな者ばかりですが、若手も何人か推薦されています」

リストに目を通した間宮は、それをデスクに置いて答える。

「面接には、僕も同席する。日程が決まったら教えてくれ」

「わかりました」

部下が部屋を出ていき、一息つく。

外はすっかり日が落ち、空は藍色《あいいろ》を濃くしていた。今取りかかっている案件は、西伊豆に開業する予定の高級ホテルだ。

一日十組限定で、こだわり抜いた優雅な空間と日常から離れた静謐《せいひつ》、極上のサービスを提供することをコンセプトにしている。

このあとは基幹スタッフを採用したり、家具の発注や備品の仕様を決定したりと、やることが目白押しだ。忙しいが、思い描いた理想の空間を一から創り上げるのは、毎回大きな充実感を得られる。

決裁書類に目を通しつつ、間宮は今日は何時頃に退勤できるかと考えた。

(午後八時には帰れるかな。……さて今夜は、どうしよう)

今までは夜に時間ができれば、映画のレイトショーを観に行くことが多かった。

いつも一人で行動していたが、最近は一緒に観てくれる同好の士ができ、彼女を誘うのが通例となっている。

奥野燈子の面影を思い浮かべ、間宮は目元を緩めた。

(彼女は今日、自社で配給する映画の試写会だって言ってたっけ。食事に誘ったりしたら迷惑かな)

燈子と出会ったのは、一ヵ月近く前だ。

ミニシアターで上映された映画のエンドロールのあと、会場をあとにしようとしている彼女を間宮が呼び止め、縁ができた。

(あのときは、心臓が止まるかと思った。――目の前に光里がいるのかと思って)

思わず声をかけてしまうくらい、燈子は間宮が知る人物によく似ていた。

しかし苗字《みょうじ》が違い、親戚という可能性は極めて低く、他人の空似だ。それきり会うことはないかと思われたものの、その十日後に別の映画館で再び遭遇し、間宮は彼女に運命的なものを感じた。

（二度も会うなんて、偶然とは思えない。……だから）

――だから、「友人になってほしい」と持ちかけた。

これまで間宮の中での映画の位置づけは〝個人的な趣味〟で、誰かと一緒に行こうと思ったことは一度もなかった。だが燈子とは感性が合い、感想を言い合うのはとても楽しい。

あれから彼女とは三度顔を合わせ、一緒に映画鑑賞をしている。毎回レイトショーにギリギリで駆け込んでいる上、〝感想を言い合うのは酒一杯を飲むあいだ〟という暗黙の了解ができたため、燈子と長時間過ごしたことはない。

そんな状況の中、間宮には彼女と距離を詰めたいという気持ちがじわじわと湧いていた。

（俺は……奥野さんに、興味を持っている。彼女が光里によく似ているから）

顔の輪郭、目鼻立ちのバランスや佇まいまで、見れば見るほど似ている。

燈子と一緒にいるとき、間宮は失《な》くしたものを取り戻せたような、欠けた穴を埋められるような、そんな感覚を味わっていた。

向かい合って話しているとき、燈子の中に無意識に光里と似た部分を探している自分に気づく。だが彼女には、何も話すつもりはない。いくら似ているとはいえ、光里とはまったくの別人だからだ。

そうやって自分の中で明確な線引きをしようと思うのに、「会いたい」という気持ちを抑えられない。だからこそ毎日頻度に気をつけながらメッセージを送り、スマートさを心掛けつつ、彼女との関係を進展させようとしていた。

（やっぱり食事に誘ってみるか。帰りは自宅まで送っていけば、そう負担にはならないはずだ）

そう心に決めた間宮は、燈子にメッセージを送る。

「試写会　お疲れさまでした」「今夜会えますか」と書いて送信したところ、午後八時に返信がきた。それは遠回しに誘いを断る内容だったものの、間宮は「ならば」と直接電話をかける。

「間宮です。すみません、突然お電話して。試写会でお疲れなんですか？」

燈子がしどろもどろになっているのをいいことに、間宮はいつにない強引さを発揮し、会う約束を取りつけた。

そして電話を切り、オフィスを出る。

「専務、お帰りですか？」

デスクで入力作業をしていた秘書の堀田《ほった》がそう問いかけてきて、間宮は頷く。

「ああ。君も退勤してくれて構わない。明日は朝九時から、コーポレート部門の会議だったな」

「はい」

「じゃあ、それに遅れないように出社するから。お疲れさま」

「お疲れさまです」

地下の駐車場で自分の車に乗り込み、エンジンをかける。

燈子の職場は東新橋にあり、待ち合わせ場所の新橋駅は車で十分もかからない距離だ。少し混み合っている幹線道路を運転し、目的地に着く。

駅前には彼女の姿があったが、同年代とおぼしき女性が一緒にいて何やら話していた。ハザードランプを点灯して車を停車させた間宮は、助手席のパワーウィンドウを下げて声をかける。

「お待たせしました、奥野さん」

こちらに気づいた燈子は女性との話を切り上げ、彼女に頭を下げて助手席に乗り込んでくる。

そして間宮に対して礼を述べた。

「わざわざ迎えに来ていただいて、すみません」

「いえ。僕から誘ったので、当然ですよ。それより先ほどの女性は……」

「会社の先輩なんです。わたしが帰宅せずに駅前に立っていたので、不思議に思ったみたいで」

「ああ、なるほど」

今日の彼女の服装はきれいめのオフィスカジュアルで、清潔感がある。

後ろで緩く結んだ髪や控えめなデザインのピアス、手首のバングルなどが仄《ほの》かな色気を感じさせた。

走り始めた車の中、燈子が遠慮がちに問いかけてきた。

「あの、それで今日はどこに……」

「お疲れとのことだったので、肩肘張らないビストロを予約しています」

「そうですか」

ホッとした様子からは、彼女が今回の誘いにだいぶ身構えていたことが窺える。それを見た間宮は、「格式高い店にしなくてよかった」と胸を撫《な》で下《お》ろした。

当たり障りのない会話をしながら走ること十五分、湯島《ゆしま》駅にほど近い閑静な住宅街に目的地はあった。レンガ造りの瀟洒《しょうしゃ》な一軒家で、四季折々の食材を使ったフランスの郷土料理が愉しめる。

「素敵なお店ですね」

「ええ。奥野さんは、ワインを飲まれますか？」

「えっ？　でも……」

こちらが車を運転してきているのに気を使い、燈子は「自分もノンアルコールで」と考えていたようだ。間宮は笑って答えた。

「せっかくワインに合う料理の店ですから、僕のことはお気になさらず、どうぞ」

アラカルトで料理を頼むことにし、メニューを見ながら話し合う。

真鯛《まだい》のビネガー締めや豚頬肉とフォアグラのテリーヌ、クエのポワレなどを頼み、間宮はペリエ、彼女はスパークリングワインで乾杯した。

「何だかわたしばかり、すみません」

「いえ。試写会でお疲れなんですから、好きなだけ飲んでください。帰りはちゃんとご自宅までお送りしますので」

「そんな」

テリーヌは豚肉の旨《うま》みとフォアグラのコクに、フルーティーなぶどうのソースがよく合う。

クエのポワレは皮目がパリッと香ばしく、しっとりとした身に海老の濃厚なソースがマッチして、文句なしに美味《おい》しかった。最初はどことなく緊張しているように見えた燈子だったが、次第にリラックスして感想を述べる。

「んっ、美味しい。この真鯛のビネガー締め、臭みがまったくないですね。レモンのソースが爽やかで」

「奥野さん、食べるのはお好きですか？」

「大好きです！　食いしん坊なので、たとえ家の片づけができていなくても、朝晩は何かしら作ってるんです。忙しさにかまけて、それ以外の家事は二の次になってしまうんですけど」

考えていることが素直に顔に出る様子は、見ていて楽しい。間宮は微笑んで言葉を続けた。

「忙しいのは、やはり仕事で？」

「仕事と趣味、半々です。翌日に出さなきゃいけないレジュメをまとめたり、単に趣味で映画を観ちゃったり」

彼女はレイトショーに行かない日は、大抵自宅で定額制動画配信サービスの映画を観ているという。間宮は噴き出して言った。

「とことん映画漬けなんですね。すごいな」

「間宮さんは、ご自宅では?」

「僕は家ではまったく。どちらかというと、仕事をしていることが多いかもしれません」

それを聞いた燈子が、小首を傾《かし》げて問いかけてきた。

「お家で仕事って、間宮さんは持ち帰りの仕事があるんですか? てっきりホテルで接客をしていると思ってたんですけど」

「入社したての頃は接客をしていたのですが、今はしていませんね。入社してから五年間は、コンシェルジュや総支配人として現場で経験を積みました。三年前に管理部に異動して財務関係を、一年前に専務になってからは、ホテルのマネジメント全般に携わるようになっています」

創業者一族の人間である間宮は、望めば現場を経験せずに経営の道に進むこともできた。

しかしあえて子会社の間宮ホテルリゾートでの勤務を希望したのは、実際のホテル運営がどんなものなのかを知りたかったからだ。

いずれグループのCEOになるにせよ、現場を知らなければ細かい部分は人任せになってしまう。どうせやるなら、自分で考えて適切な指示を出せるようになりたい

――そう思ってのことだった。

それを聞いた彼女が、感心した様子で言った。

「ホテル業界ってまったく関わりがないので、間宮さんのお話はすごく興味深いです。かつて現場にいたのなら、今もちゃんと接客ができるってことですか？」

「ええ。コンシェルジュのときはＶＩＰのアテンドを担当していましたから、接客には自信がありますよ」

現場にいたときのアクシデントをかいつまんで話すと、彼女は驚いたり、笑ったりと、素直に反応する。

よく変わるその表情は見ていて飽きず、間宮は微笑ましく思った。

（……可愛《かわい》いな）

燈子の受け答えからは、ざっくばらんで気さくな性格が垣間見《かいまみ》える。

それは間宮の記憶の中の人物と乖離《かいり》していて、似通った部分は微塵《みじん》もなかった。顔の造作は確かによく似ているのに、こうしてじっくり話してみると、まるで印象が違う。

だが不思議と失望は感じず、そんな自分に間宮は驚きをおぼえる。

最初は他の人間と重ねて「また会いたい」と思っていたはずなのに、今は純粋に燈子との会話を愉しんでいて、とてもリラックスしていた。

間宮は微笑んで言った。

「ところで今日の試写会は、かなりの人数が来たんですか？」

「はい。関係者以外にも、抽選で当選した八〇〇人の一般参加者がいて。キャストの舞台挨拶はもちろん、映画の内容も好評でした」

彼女が話してくれたあらすじは興味深く、間宮はときおり質問しながら聞く。

国内外の未発表の作品をいち早く観られる今の職業は、映画好きの燈子にとって天職らしく、生き生きとした表情が印象的だった。

やがてテーブルの料理があらかたなくなった頃、彼女が気だるげに息をついてつぶやいた。

「何だかすっかり酔っ払っちゃいました。間宮さんはノンアルコールなのに、わたし一人で飲んでしまってすみません」

彼女は既にボトル一本半ほどのワインを一人で空けていて、頬がほんのり紅潮している。

だが素面《しらふ》のときより明らかにガードが緩んでいる様子は、無防備で庇護欲《ひごよく》をそそった。間宮はさらりと答えた。

「僕には可愛く見えますよ。いつもと比べると、幼げな感じで」

「……っ」

するとと燈子はびっくりしたように目を見開き、口をつぐむ。そして居心地悪そうにモソモソとつぶやいた。

「素面の状態でそういうことを言えるなんて、間宮さんはいろいろと場慣れてるんですね」

「そうですか？　まあ、パーティーや会合に出る機会が多いので、そういう意味では場慣れているかな。でも、今の言葉は本心ですよ」

どうやら彼女は、男に褒められるのにあまり慣れていないようだ。

そんなことを考える間宮を尻目に、燈子は咳払《せきばら》いし、精一杯何気なさを装った口調で言った。

「と、ところで間宮さんって、おいくつなんですか？」

「三十二歳です。奥野さんは？」

「わたしは二十六歳です。そっか、やっぱり年上なんですね」

話しながら、燈子がぎこちない動きでグラスに半分ほど残っていた赤ワインをぐいっと飲み干す。

「あ、……」

既に酩酊《めいてい》しているため、間宮は「大丈夫か」と考えたが、案の定酔いが回ったようだった。

グラスをテーブルに置いた彼女は、明らかに先ほどよりも酔っている。酒気を帯びた息をついて顔を上げた燈子は、こちらを見て思わぬことを言った。

「だったら敬語を使うの、やめてもらっていいですか？　いつまでも堅苦しいのも何ですし」

「えっ？」

「友達なのに丁寧に喋《しゃべ》るの、疲れるじゃないですか。あ、デセール食べようかな。柑《かん》橘類《きつるい》とビターショコラのパルフェ、美味しそう」

褒め言葉に初心な様子を見せたかと思いきや、酒を勢いよくあおり、デセールの話を始める。

落ち着きのないその行動からは恋愛慣れしていない様子が窺え、間宮は少し意外に思った。きれいな女性で普通に異性にもてそうなのに、仕事と趣味にかまけて恋愛どころではなかったのだろうか。

気さくで屈託のない性格は好ましく、よく食べてよく笑うところも可愛い。それでいて図々しさは一切なく、初回以外は一貫して割り勘を主張しているのにも好感が持てた。

ペリエのグラスをテーブルに置いた間宮は燈子に向き直り、改めて呼びかけた。

「――奥野さん」

「はい？」

「あなたと出会ってそろそろ一ヵ月が経《た》ちますが、僕は会うたびに楽しかった。映画が趣味で幅広いジャンルをよく知っているところや、時間があればレイトショーに出掛けるフットワークの軽さ、それにさっぱりした性格もいい。仕事に一生懸命なところも、素敵だと思っています」

彼女が戸惑った顔で、瞳を揺らす。間宮はそれを見つめ、言葉を続けた。

「こうして食事に誘ったのは、もっと奥野さんのことを知りたかったからです。何を食べても美味しそうに目を輝かせるのを見て、その気持ちはより強くなりました」

そこで確認しておかなければと思い至り、間宮は燈子に問いかける。

「奥野さんは今、おつきあいされている方は？」

「い、いませんけど……」

「そうですか」

その答えに安堵《あんど》した間宮は、彼女に向かって告げた。

「では今後は、〝友人〟ではなく恋人として僕とおつきあいしていただけませんか。――よそ見をせず、誰よりも大事にするとお約束しますから」

第二章

翌日は朝からすっきりと晴れ渡り、太陽が目に眩《まぶ》しかった。

街路樹は日々緑を濃くしていて、春らしい爽やかな陽気となっている。出社して今日の仕事の流れを確認しようとしていた燈子は、ふいに「奥野～」と呼ばれて顔を上げた。

「はい？」

「おはよー。ねえあんた、昨日のイケメン誰だったのよ。高級車を颯爽と乗りつけて迎えにきてた人」

声をかけてきたのは、先輩社員の小向だ。

入社五年目で、英語と中国語が話せるため、いつも海外との交渉を担当している。

彼女は興味を抑えきれない様子でこちらを見ていて、燈子はしどろもどろに答える。

「あ、えっと……その、知り合いっていうか」

「一体何してる人？　奥野にあんな知り合いがいるなんて驚きなんだけど」

小向の目は異様に輝いていて、「あわよくば、彼を紹介してほしい」という思惑が透けて見える。

燈子は急いで考えを巡らせ、精一杯何気ない口調で答えた。

「友人の、友人なんです。昨日何人かで集まる予定だったので、たまたま近くにいたあの人が迎えに来てくれて。でも彼は三十分くらいで帰ってしまって、詳しいことはよくわからないんです。すみません」

「えー、そうなの?」

そのときタイミングよく事務所内の電話が鳴り、燈子は素早く受話器を取る。

「はい、オムニブスフィルムです」

電話対応をしているうち、話すのを諦《あきら》めた小向がいなくなっていて、燈子はホッと胸を撫で下ろす。

間宮は有名ホテルグループの御曹司のため、迂闊《うかつ》に素性を話すのは憚《はばか》られた。

(嘘《うそ》みたい。そんな人が……わたしに交際を申し込んできたなんて)

昨日のことを思い浮かべ、燈子はざわめく気持ちを押し殺す。

昨夜は仕事が終わって帰宅しようとしていたところを間宮に食事に誘われ、疲れていた燈子は当初断ろうと考えていた。

しかし強引に約束を取りつけられてしまい、彼の知っているビストロに行ったものの、燈子はそこでつい飲み過ぎてしまった。そんな様子を穏やかに見守っていた間宮は、突然思わぬことを言った。

「今後は〝友人〟ではなく、恋人として僕とおつきあいしていただけませんか」「よそ見をせず、誰よりも大事にするとお約束しますから」――まさかそんな告白をされるとは夢にも思わず、燈子はしばらく呆《ほう》けてしまった。

(恋人って、わたしと……?　えっ?)

彼に出会ったのは一ヵ月ほど前で、趣味の映画鑑賞を通じて知り合った。

もらった名刺から有名ホテルグループの創業者一族だとわかり、驚いて腰が引けてしまったものの、数回顔を合わせるうちに少しずつ距離感がつかめてきていたところだった。

いつ会っても間宮は折り目正しく、貴公子然とした態度を崩さない。加えて端正な容姿の持ち主で、燈子は「ひょんなことから友達になってしまったけど、いろんな意味で雲の上の人だな」と感じていた。

(それなのに……)

彼が自分を恋愛対象として見ていたことが、信じられない。あまりに驚きすぎて言葉を失う燈子に対し、間宮は苦笑しながら言った。

『そんなに驚かれるとは思わなかったな。僕の申し出は、あなたを困らせていますか？』

『困るっていうか……その、間宮さんならもっと他にいい人がいるはずじゃないですか。それなのに』

大企業の御曹司なのだから、縁談なども降るようにあるはずだ。その中にはきっと、家柄の優れた釣り合いの取れる女性がいるに違いない。

そんな燈子の疑問に対し、彼はさらりと答えた。

『まあ、まったくないとは言いませんが。僕はそういう気になれず、すべて断ってきました』

『で、でも、絶対わたしよりふさわしい人ですよね？』

『家柄など関係ありません。もし結婚するなら誰かに勧められた相手ではなく、自分が好きになった人がいい。そう思っていたので』

いきなり〝結婚〟というフレーズが出たことに戸惑い、燈子は思わず口をつぐんだ。

すると間宮がニッコリ笑って言った。

『ああ、重く受け取らないでください、僕の価値観の問題ですから。でもおつきあいするなら、年齢的にそういったことも見据え、真剣に向き合っていきたいと考えています』

　酔いのせいだけではなく混乱しながら、燈子は歯切れ悪く答えた。

『いきなりそんなことを言われても……困ります。わたしには荷が重いので』

『それは、どのような点で？』

『い、家柄とかです。身分差と言ってもいいかもしれません』

　燈子の言葉を聞いた彼は、少し考えてつぶやいた。

『時代錯誤ではないですか？　間宮ホテルの創業者の時代なら、そう言われても仕方なかったかもしれませんが』

『えっ？』

『間宮家は、いわゆる華族だったので。僕の曾祖父《そうそふ》までは伯爵位を持っていました』

『伯爵……』

　現代では馴染みのない言葉に燈子はしばらく沈黙し、やがて青ざめて言った。

『そんなの無理です。わたしには釣り合わないので、お断りします』

　急いで席を立ったものの、酔いのせいで足元がふらついてしまう。

　するとすぐに立ち上がった間宮が、燈子の身体を抱き止めて言った。

『危ないですよ。いきなり動いたら、急激に酔いが回ってしまいます。落ち着いてください』

『……っ』

『では、こういうのはどうでしょう。本当に無理かどうか、〝お試し期間〟を設けるというのは』

『お、お試し？』

彼の提案は、燈子が本当に間宮とつきあえるかどうかを判断するため、二ヵ月のお試し期間を設けるというものだった。

そのあいだ何度も二人で会う時間を作ってコミュニケーションを深め、大丈夫そうなら結婚を前提としたつきあいに発展させてほしいという。

燈子は戸惑って言った。

『でも……わたしは』

『始める前からネガティブなことを言うのは、ナンセンスですよ。二ヵ月後にどうしても駄目だというなら、きっぱりあなたを諦めます。でもそれまでは、僕なりに努力させてもらいたいんです』

思いがけない押しの強さに、燈子がなんと答えるべきか迷っていると、彼が微笑んで言った。

『決まりですね。今日はここまでにして、送っていきますよ』

『えっ、ちょっ……！』

半ば押し切られる形で〝お試し交際〟を了承した形になってしまい、その後燈子は間宮に自宅まで送ってもらった。

あれから一晩経った今、戸惑いは強まる一方で、ついため息が出る。

(間宮グループの御曹司っていうだけでも驚きなのに、華族の家系だなんて。いくら何でも家柄が違いすぎるってば)

彼はこれまで見合いをセッティングされても興味がなかったと言い、「結婚するなら、誰かに勧められた相手ではなく自分が好きになった人がいい」と考えていたらしい。

間宮のそうした気持ちはわからないでもないが、なぜその相手が自分なのだろう。燈子はごく平均的な家庭に育ち、富裕層の出身ではない。間宮との共通点は〝映画好き〟という一点のみで、どう考えても釣り合いが取れないにもかかわらず、彼はこちらに好意を抱いているという。

(それに最初に会ったとき、間宮さん、わたしを誰かと間違えてた。……もしかして他に気になる人がいるんじゃないのかな)

突然燈子の腕をつかんできたとき、間宮はとても切実な目をしていた。

誰か女性の名前を口にしていたものの、今はもう思い出せない。だがまったく聞き覚えがなかったため、知り合いでないのは確実だ。

(何か引っかかるな。でもそれより考えなきゃいけないのは、〝間宮さんにどうやって断るか〟なんだけど……)

元華族という彼の家のことを知ってしまった今、燈子は完全に腰が引けている。ことさら自分を卑下するつもりはないが、そんな超がつく御曹司とつきあっても上手くいかない。ならば深入りする前に、はっきりと断りを入れるべきだろう。

「おーい、朝礼始めるぞー」

そのとき社長の声が響き、燈子は思考を中断させる。

彼は一人の見知らぬ男性を連れてきていて、社員たちに紹介した。

「このあいだチラッと話したと思うが、最近の業務が忙しくなってきたため、新しくスタッフを一人採用することになった。当面はアルバイトとして、諸々の雑用をこなしてもらうことになる。木内直弘《きうちなおひろ》くんだ」

社長に促された彼が、淡々と自己紹介した。

「木内です。よろしくお願いします」

「………」

あまりに短い自己紹介にオフィス内がしんと静まり返り、社長が苦笑いして言う。

「もうちょっと何か言えないかな。例えば年齢とか、仕事に対する意気込みとか」

するとは木内は少し考え、言葉をつけ足す。

「年齢は二十六歳、趣味は映画鑑賞です。映画はカルトなものが好きで、作品は〝バーバレラ〟とか〝エル・トポ〟とか、〝ドゥームスデイ〟とか、挙げればきりがありません。僕のお勧めは……」

それから早口でお勧め映画の魅力を語り始め、その熱っぽい口調に社員たちは呆気《あっけ》に取られる。

社長が慌てて口を挟んだ。

「あー、ごめん。君が好きな映画の話は、後日ゆっくり聞かせてもらうよ。今は仕事があるから、な?」

「……はい」

「とりあえず事務所内の業務を覚えてもらうとして、奥野、お前が木内の教育係な」

突然名指しされた燈子は、思わず「えっ」と声を上げる。

するとは社長が、事も無げに言った。

「お前はアルバイトの期間を含めてもう四年うちの会社にいるし、いろいろ勝手がわかってるだろ。同い年の誼《よしみ》で、頼むな」

確かにこの会社では燈子が一番の下っ端であり、他の社員たちは社歴が長い分抱えている仕事が多い。

つまりアルバイトの教育係をするのは、消去法で燈子しかいないことになる。朝礼後に自分の元にやって来た木内に対し、燈子は自己紹介した。

「奥野燈子です。さっき社長が言っていたとおり、わたしも元々アルバイトでこの会社に入って、二年前に正社員になりました。順番に仕事を教えていくので、わからないことがあったらその都度気軽に聞いてくださいね」

「……よろしくお願いします」

先ほどまでの饒舌《じょうぜつ》さは鳴りを潜め、彼がボソリと返事をする。それを見た燈子は、内心「ふうん」と思った。

(ちょっと癖が強めな人なのかな。映画にはすごく詳しそうだったけど)

そう考えつつ、燈子は木内に向かって言う。

「今日の業務はパブリシティ、つまり映画のPR活動がメインです。午後一時から都内の貸しスタジオで取材があるので、まずはパソコンからスケジュール表をプリントアウトして、そのあとはポスターパネルや映画の資料といった取材に必要な備品を揃《そろ》えます。こっちに来てもらっていいですか」

今日の取材は雑誌ばかりで五本入っており、午後五時に終了予定となっている。

俳優は大抵スケジュールが詰まっているため、取材の終了時間が押すことがないよう、しっかり場を仕切らなくてはならない。午前十一時半にスタジオ入りするべく会社を出る準備をしていると、木内が問いかけてきた。

「午後一時からなのに、もう出るんですか？」

「俳優さんが入る前の控室の準備とか、出迎えの時間を考えると、一時間半前くらいにスタジオ入りするのがベストなんです。カメラマンのセッティングにも立ち会わなきゃいけないし」

社用車であるワゴンに四名で乗り込み、スタジオに向かう。

控室に飲み物などを用意し、ヘアメイクとカメラマン、そして映画の主要キャストである俳優と女優を出迎え、その一方で雑誌社の人間に応対する。

やがて取材が始まったが、配給会社側の人間はインタビューの内容が映画からずれないよう、同席してしっかりヒアリングしなければならない。

もしインタビュアーが映画とはまったく関係のないゴシップネタなどを質問したと

きは、釘を刺すことも必要だ。

取材が五本続くのは長丁場で、一社が終わるごとにメイクを直してもらったり、飲み物を提供したりと、気配りが欠かせない。

やがてすべての取材が終わり、俳優を丁重に送り出して、撤収の作業をした。そして午後六時に会社に戻り、自分のデスクに戻った燈子は木内に説明した。

「来週、さっきの映画のキャストを集めてマスコミ向けのイベントを開催するので、そのプレスリリースを配信します。文章自体は定型文を活用しますが、内容に間違いがあったら大変なので、まずはチーム内で回覧したあと、メールやFAXで来てほしいマスコミに一斉リリースすることになっています。木内さんも文章を確認してもらっていいですか？」

リリース文章を彼にチェックさせ、その後はチームのメンバーに回覧し、問題ないことを確かめた上でマスコミ宛てに送付する。

そこまで終えたところで、燈子は木内に向かって言った。

「今日はこれで終了です。うちはフレックス制なので、コアタイムに出勤していれば退勤時間は自由にできますけど、しばらくはわたしの指示に従ってもらえると助かります。お疲れさまでした」

「……お疲れさまです」

去っていく彼の後ろ姿を見送り、燈子は小さく息をつく。

今日は自分の仕事にずっと帯同してもらったが、説明しながらの作業は思いのほか疲れてしまった。おまけに木内は淡々として表情に乏しく、何を考えているのかいまいちよくわからない。

（わたしと同い年らしいけど、特に話が弾むわけでもないし。今日は初日だったから緊張してたのかな）

雑談などをするようになれば、自然と打ち解けることができるだろうか。

そう考えながら燈子はマウスを動かし、パソコンのフォルダを開く。取材やプレスリリースなど、事前に決まったスケジュールがある場合、メールの返信や企画書の作成といった自分の仕事は必然的に後回しになってしまう。

それをカバーするには残業か持ち帰りしかなく、今日は少し残って作業しようと考えていた。

そのときスマートフォンが電子音を立て、燈子は手に取って確認する。ディスプレイには新着メッセージのポップアップがあり、送信者は〝間宮頼人〟となっていた。

（あ、……）

忙しさに紛れて忘れていたが、彼に関する問題は何ひとつ片づいていない。

メッセージは「今日は何時に仕事が終わりますか」というもので、燈子は何と返信するべきか悩んだ。

（別に間宮さんのことは嫌いじゃないけど、元華族の御曹司なんて関わるべきじゃない。わたしとは、まるっきり住んでいる世界が違うんだから）

そんな相手と恋愛など、もってのほかだ。

友人としてつきあうのは楽しかったが、このまま徐々に距離をおくしかない――そう考えた燈子は素早くスマートフォンを操作し、「今日は残業です」と送る。

するとすぐに返信がきて、「何時に終わりますか」と書かれていた。

（「わかりません　午後九時とかかも」……送信、っと。この時間なら、わざわざ会おうなんて思わないよね）

そう考えたのも束《つか》の間《ま》、間髪いれずに返信がきて、燈子は「えっ？」と思いつつスマートフォンを見る。

間宮からの返信には、「ちょうどよかった　僕も会合で、そのくらいの時間に終わるんです」「午後九時に迎えに行きますよ」と書かれていた。

驚いた燈子は目にもとまらぬ速さでメッセージを打ち、「いいえ　ご迷惑ですので、結構です」と返したものの、そのメッセージは既読にならない。燈子は焦りながら考えた。

（待って。これが既読にならないってことは、もしかして間宮さんは九時に迎えに来ちゃう？　そんなの困る）

いっそ九時前に「帰ります」と一方的にメッセージを送り、本当に帰宅してしまおうか。

そんな考えが頭をよぎったものの、これまでの彼の誠実さを思うと、躊躇《ためら》いがこみ上げる。

結局送信できないまま時間が過ぎ、午後八時半になった。そのあいだに社員たちが何人か退勤していき、企画書の目途がついた燈子も帰り支度を始める。

午後九時少し前に外に出ると、足元を夜風が緩やかに吹き抜けた。結局どうするべきか決めかねたまま駅に向かって歩き出した燈子だったが、ふと路肩にハザードランプを点灯させた車が停まっているのに気づく。

（あれは……）

何となく見覚えがある気がして注視していたところ、運転席からスーツ姿の男性が降りてくる。

その顔を見た燈子は足を止め、ポツリとつぶやいた。

「……間宮さん」

「こんばんは、奥野さん」

彼が穏やかに挨拶し、歩道に立ち尽くす燈子に歩み寄ってくる。

そして目の前で立ち止まって言った。

「そろそろ出てくる頃かなと思って、待っていました。いただいた名刺に職場の住所が載っていましたし、僕のほうの会合は早く終わったので」

それを聞き、ムッとした燈子は、自分より上背のある間宮を見上げて問いかけた。

「間宮さん、どうして最後のメッセージを既読にしなかったんですか？　わたしは『結構です』って送ったのに」

すると彼は、ニッコリ笑って答えた。

「だって既読にしてしまったら、奥野さんの断り文句を受け入れたことになるだろう？　それならいっそ素知らぬ顔で迎えにきてしまったほうがいいと判断して来たんだけど、帰ろうとしていたところを見ると、やっぱり正解だったな」

言われた言葉の意味がじわじわとのみ込め、燈子は唖然とする。

これまでの折り目正しい口調より幾分フランクな話し方になった間宮が、こちらの顔を見て噴き出して言った。

「どうしてそんな、鳩が豆鉄砲を食らったような顔をしてるんだ？　昨夜君が言ったんだよ、『敬語を使うのをやめてほしい』って。もしかして忘れた？」

「わ、忘れてませんけど……」

「『友達なのに、丁寧に喋るのは疲れる』とも言ってたな。だから俺も、素の自分を出そうと思って」

さらりと一人称を〝俺〟に変えられ、燈子はドキリとして彼を見る。

間宮が腕を伸ばし、燈子の頬に触れながらささやくように言った。

「もうただの〝友達〟でいるつもりはない。――俺は君の、恋人になりたいから」

「……っ」

こちらに向けられる眼差《まなざ》しには今までにない甘さがにじんでいて、燈子の胸が高鳴る。

話し方を変えただけで、こんなにも印象が変わるのが意外だった。これまでは秀麗な顔立ちと折り目正しい態度が優雅な雰囲気を醸し出していたが、〝俺〟という一人称と少し砕けた話し方が男らしい印象を与え、何ともいえない色気を感じる。

触れられた頬がじわじわと熱を持っていくのを感じながら、燈子は考えた。

（どうしよう。こんなふうにいきなり態度を変えてくるなんて、狡《ずる》い）

否が応でも間宮を男として意識させられてしまい、悔しさがこみ上げる。そんなこちらの気持ちを知ってか知らずか、彼がニッコリ笑って言った。

「さて、そういうことだから、乗ってくれ。君を連れていきたいところがある」

「……でも」

「すぐ近くだから」

半ば強引に燈子を車に乗せ、間宮が向かったのは、車で十五分ほどのところにあるカフェバーだった。

人通りの多い商店街から一本入った脇道にある隠れ家的な店で、聞けばかつて鉄工所だった建物をリノベーションしたらしい。

天井が高く開放感がある店内は、ヴィンテージの家具やキリムのラグ、観葉植物がスタイリッシュで、明るすぎない照明がくつろげる雰囲気を演出している。

「……間宮さん、ここって」

「俺がたまに来る店なんだ。昼はカフェで、夜はアルコールも出してる」

カウンターにはたくさんのアルコールが並び、カクテルの他、クラフトビールやワインも愉しめるという。

ハイチェアに座ってメニューを燈子に見せながら、間宮が問いかけてきた。

「奥野さんは、魚介系は得意？」

「はい。大好きです」

「じゃあ、俺のお勧め料理を頼もう」

彼は顔見知りらしいスタッフに、飲み物とフードを注文する。

やがて燈子の前に白ワインのグラス、間宮にはノンアルコールのビールが置かれ、乾杯した。よく冷えたそれを一口飲み、店内を見回しながら、燈子はしみじみとつぶやく。

「間宮さんって、こういうお店にも来るんですね。てっきりフレンチとか、懐石料理とかばかり食べてるのかと思ってました」

燈子が素朴な疑問を口にすると、彼が噴き出して答える。

「否定はしないけど、あれも結構肩が凝るんだ。だからたまにこういうところに来て、一人で飲んでる」

「一人なんですか？」

「うん。仕事から離れたら、一人でいることが多いかな。それこそ映画を観たり、気に入った店で軽く飲んだり。そうやって日常をリセットしたいのかもしれない」

それを聞いた燈子は、戸惑ってつぶやく。

「わたし、間宮さんのそういう時間にだいぶ食い込んでしまってますよね」

「うん、君はいいんだ。俺があえて入れてるんだから」

間宮はそう言って微笑み、目を細めて言った。

「奥野さんを見てると、かつて失ったものを取り戻したような気がして、すごく心が温かくなる。最初はたまに会うくらいでも充分だったけど、近頃はどんどん欲が出て、もっと君を知りたくてたまらなくなってるんだから、現金だよな」

「……あの」

彼の言っていることがわからず混乱する一方、燈子の中には「もしかして、最初に見間違えた人のことを言っているのだろうか」という考えが浮かぶ。

（どうしよう……聞いたほうがいいかな。でも）

下手に深入りすると、引くに引けない状況になってしまいそうで、躊躇いがこみ上げる。

そのときスタッフが料理を運んできて、カウンターに置いた。

「お待たせしました。ガーリック・ハーブ・シーフードです」

目の前に置かれたのはオイルが煮えたぎる熱々のスキレットで、牡蠣《かき》やアサリ、つぶ貝や大きな海老が、四種類のハーブとガーリックで味付けされている。

いわば大きなアヒージョで、添えられた薄切りのバゲットにプリプリの牡蠣を載せて食べると、程よい塩気と魚介のコク、そしてガーリックの風味が何とも言えず美味だった。

「んっ、美味しいです……！」

口元を押さえ、燈子が興奮気味に言うと、間宮が笑って答える。

「そうか、よかった。この料理があると、ワインがボトル一本くらい軽く飲めるんだ。魚介の旨みが出たオイルが本当に美味しくて、いつもバゲットを追加で頼んでる」

料理に夢中になり、気づけば先ほど浮かんだ疑問がどこかに行ってしまっている。

他のものも勧められて頼んだ前菜の盛り合わせは、十一種類もの料理がプレートに彩りよく盛りつけられたもので、味も素晴らしかった。

バジル風味の鶏《とり》ハムやほうれんそうとベーコンのキッシュ、トリッパやイカのビネガー和えなど、どれも手の込んだ料理で酒が進む。

気づけばほろ酔いになっていた燈子は、ほうっと息をついた。

「美味しいものを食べて気分よく酔えるって、すごく幸せですね。仕事も充実してるし、本当にささやかな暮らしですけど、わたしって恵まれてるなーって」

別に高給取りでも何でもないが、好きな分野を仕事にできていて、日々食べていけるだけの収入がある。

そんな現状に満足していると語ると、間宮がふいに言った。

「君のその生活の中に、俺も入れてもらえたらうれしいな」

「えっ」

思わせぶりな発言に、燈子は咄嗟《とっさ》に何と返していいか迷う。

昨日交際を申し込んできたときもそうだが、彼はこちらがドキッとするような発言をすることがあり、燈子はそのたびにひどく動揺していた。

（最初はすごく折り目正しくて、いかにも〝御曹司〟って感じの印象だったのに、昨日から少しずつ変わってきてる。さらっと甘いことを言えちゃうのって、間宮さん、意外に恋愛経験が豊富なのかも）

燈子のほうはどうなのかといえば、近頃はとんとご無沙汰《ぶさた》だ。

どちらかといえば派手に見られがちな燈子は、実は一人としかつきあったことがない。大学二年のときにようやくできた彼氏とは三年余り交際したものの、社会人になった途端に相手が同じ会社の女性と浮気をして、別れる羽目になってしまった。

信頼していた相手からの裏切りに傷ついた燈子は、以前にも増して仕事に打ち込むようになり、気づけば三年半ほど色恋から遠ざかっていた。交際した相手が一人しかいないこともあって、燈子の恋愛スキルは高くない。そのせいか、間宮の言葉にいちいちどぎまぎしてしまう。

（わたしの恋愛経験が少ないって、この人にばれるのは嫌だな。いや、そもそもつきあう気はないいんだけど）

昨日に続き、なぜかこうして食事を共にしてしまっているが、はっきり「つきあえない」と言わなければならない。

そう思いつつもなかなか切り出すタイミングが見つからず、燈子はそわそわしながらワインを口に運ぶ。そして会計を済ませ、外に出たところで、彼に向き直って言った。

「間宮さん、昨日に引き続き、奢《おご》っていただいてすみません。ご馳走さまでした」

「俺が誘ったんだから、奢るのは当たり前だよ。気にしなくていい」

間宮は事も無げにそう答えたものの、燈子は「いえ」と首を横に振った。

「そういうわけにはいきません。以前もお話ししましたけど、わたしは奢られるのは好きではないんです。だってフェアじゃないですし」

するとと彼は、困ったように笑って言う。

「フェアとかアンフェアを恋愛で出すのは、ナンセンスじゃないかな。少なくとも俺は、好きな子に何でもしてあげたいタイプだから」

「借りを作るみたいで嫌なんです。だからわたしと間宮さんは、たぶん価値観が合わないんだと思います」

〝好きな子〟と言われたことに図らずもドキリとしつつ、燈子は意を決して告げた。

「昨日は断りそびれてしまったんですけど、おつきあいする話は正式にお断りさせていただけないでしょうか。間宮さんとわたしはいろんな意味で差がありすぎますし、それを埋めるのは難しいと思うので……。お願いします」

少しひんやりとした夜風が吹き抜け、燈子の後れ毛を揺らす。

よく考えて出した結論のはずなのに、こうして実際に口に出すと罪悪感が疼《うず》いた。

間宮に対して悪い印象は抱いておらず、彼はむしろとても素敵な男性だ。整った顔立ちと優雅な物腰、落ち着いた性格や話し方は見惚《みほ》れるほどで、「上流階級の人間は、こういう人のことをいうのだ」と実感できる人物だといえる。

(……でも)

その出自が、問題だ。

いかに素敵な男性でも、自分はまったくそぐわない。しかも彼は「年齢的に、結婚も考慮する」と発言していて、燈子はすっかり腰が引けてしまっていた。

（だから――）

だからはっきりと、断る。

その結果、友人づきあいを続けることが難しくなったとしても、それはもう仕方がない。傷が浅いうちにきっぱり引導を渡すことが、今の自分にできるもっとも誠実な対応だと燈子は考えていた。

すると彼はこちらに視線を向け、しばらく押し黙る。整った顔に正面から見つめられるとにわかに心拍数が上がって、燈子は小さく問いかけた。

「な、何ですか？」

「ん？　何となくそんな話をされるような気がしていたから、さして驚きはないんだけど。ひょっとして奥野さん、あまり恋愛経験がないのかなと思って」

突然の指摘に心臓が跳ね、図星を指された燈子は動揺しながら言う。

「そんなことはありません。わたし、これでも結構もてるほうですし」

「君はきれいで魅力的だから、それは否定しないよ。でも反応のいちいちが初心で、もしかしたらと思ったんだ」

自分の挙動には、そんなにも経験の浅さがダダ洩《も》れだったのだろうか。

そう考えるとむくむくと反発心が湧き起こり、燈子はむきになって訴えた。

「恋愛慣れしてるかどうかなんて、ちょっと話したくらいじゃわからないじゃないですか。わたしの対外的な態度に騙《だま》されるなんて、間宮さんも意外にたいしたことないですね」

「そうか、俺の観察眼のなさが露呈《ろてい》されたってわけか。だったら本当の奥野さんは、恋愛慣れした大人の女性ってことでいいのかな」

「も、もちろんそうです」

どぎまぎしつつ、精一杯普通の顔を作って燈子が答えると、間宮がニッコリ笑って言う。

「じゃあ今後は、そういう前提で君に接することにするよ。とりあえず自宅まで送るから、車に乗ってくれ」

燈子は慌てて「自分で帰る」と固辞したものの、彼は聞かず、結局送ってもらう羽目になる。

走り出した車の中、居心地の悪い気持ちで助手席に座りながら、燈子はじっと考えた。

（さっき今後がどうとか言ってたけど、この人、わたしの話をちゃんと聞いてたのか

な。「おつきあいする話は、正式にお断りしたい」って言ったのに）

とはいえ恋愛経験の話題についてはさらりと流してくれて、ホッとした。

今までの友人づきあいが楽しかったこともあり、このまま疎遠になるのには一抹《いちまつ》の寂しさがあるものの、いろいろ考えた末に〝間宮とは恋愛できない〟という結論に達したのだから、仕方がない。

そんなことを考えているうち、自宅付近までやって来る。燈子が「ここでいいです」と言うと、間宮が緩やかに車を減速させた。

彼がハザードランプを点灯させ、カチカチという音が車内に響いた。そのタイミングで、燈子は少し緊張気味に「間宮さん、あの……」と切り出す。しかしそれを遮り、彼が言った。

「――さっきの話だけど、俺は受け入れかねる」

「えっ？」

「『おつきあいを、正式に断らせてほしい』って言ったことだ。君には昨日交際を申し込んだばかりで、まだ俺についてよく知っていないだろう？　そんな状況で断られるのは、納得がいかない」

思いがけない間宮の言葉に、燈子はしどろもどろになって答える。

「でも……わたしは」

「そういう結論を出すのは、もっと様子を見てからでもいいはずだ。君と交際するに当たって、俺は家柄とか立場はネックにはならないと考えてる。たとえ誰かに横槍《よこやり》を入れられたとしても、自分が好きになった相手のことは全力で守るつもりだから」

街灯に照らされた顔は端整で、燈子の胸がドキリと跳ねる。

彼の眼差しは真剣で濁《にご》りがなく、本心からそう言っていることが如実に感じられた。

（でも……）

間宮は「家柄や立場はネックにはならない」と言うが、燈子の考えは違う。

名家に生まれ育った人間には考えもつかないのかもしれないが、平凡な一般庶民であればこそ感じる気後れがある。

（どういう言い方をすれば、わかってもらえるんだろう。あんまり卑屈なことは言いたくないのに）

「あの……」

言いよどむ燈子に対し、ふいに彼が「ああ、それとも」とつぶやく。

「やっぱりさっきの指摘は、図星だったってことかな。君は恋愛経験の浅さゆえに、俺に対して腰が引けてる」

「そ、そんなことないから！」

かあっと頬が紅潮し、燈子は敬語を使うのを忘れて言い返す。

「どうしてそういうふうに思うのか、まったく意味がわからないんだけど。変な勘繰りはやめて」

「ふうん。じゃあ君は、色恋の酸いも甘いも知り尽くした大人の女性だと？」

「も、もちろんそうよ」

ぎこちなく間宮の言葉を肯定すると、彼は思いがけないことを言う。

「だったら試してみないか？　俺が君のお眼鏡に適う男なのかどうか」

一瞬何を言われたのかわからず、燈子は間宮の顔を見つめ返す。そしてポツリとつぶやいた。

「試すって……」

「身体の相性を確かめるのはどうかと提案してるんだ。お互いに大人なんだし、そういう方法もありだと思うんだけど」

彼の言っている意味がのみ込めてきて、燈子は頬がじわじわと熱を持つのを感じる。

見た目は貴公子のように品のある間宮の口から、まさかそんな発言が飛び出すとは思わなかった。あまりにもさらりと言われたため、一瞬聞き間違いかと考えたものの、聞いたとおりの内容らしい。

(どうしよう、何て答えるべき？　いきなりこんなふうに誘ってくるなんて、この人、今までもどこかの女性と即物的な関係を結んできたのかな)

確かにこれだけの容姿と家柄、そして肩書があれば、異性からは引く手あまただろう。

片や自分はというと一人としかつきあった経験がなく、燈子の中でコンプレックスが疼く。それと同時に、心にはかすかな好奇心も確かに存在していた。

(ベッドでのこの人は、一体どういう感じなんだろう。……全然想像できない)

ずっと折り目正しい話し方だった間宮が素の口調になったとき、燈子はドキリとした。

もしかしたらベッドでも今までとは違う顔を見せるのかもしれないと思うと、落ち着かない気持ちになる。運転席に座る彼が、こちらをじっと見つめて再度問いかけてきた。

「――どうする？」

「……っ」

挑発に乗るなんて、馬鹿馬鹿しい話だ。

燈子は今日、交際の申し込みを断ろうと考えていた。そんな相手と身体の相性を確かめる意味は、まったくない。なのに思いがけない間宮の強引さと酒の酔いのせいで、気持ちがグラグラと揺れている。

（どうしよう……わたし）

御曹司に迫られるという非日常的な出来事に、気持ちが舞い上がっているのだろうか。

彼の視線を意識し、心臓の鼓動が速まるのを感じながら、燈子はぎこちなく口を開いた。

「あの、わたし……今は酔ってるし、それにもう家が目の前で、だから」

「君が酔ってるのは、よくわかってる。でも俺は、これっきりになるのは嫌だ」

間宮が腕を伸ばし、燈子の右手を握る。そして押し殺した熱情を感じさせる眼差しを向け、言葉を続けた。

「誰よりも大切にするし、どんなことからも守ると誓う。――だからどうか、俺を拒まないでくれないか」

真摯な声音、握る手の強さから彼の真剣な想いが伝わってきて、燈子はぎゅっと心をつかまれる。

元々友人としては嫌いではなかっただけに、気持ちをぐんと引き寄せられるのを感じた。これまでの印象では間宮はとても誠実で、浮ついた部分は微塵も感じられない。ならば彼との関係を、もっと前向きに考えていいのではないか。

そう結論づけた燈子は間宮の顔を見つめ、小さく答えた。

「わかった。……身体の相性うんぬんはさておき、間宮さんの『恋人になってほしい』っていう申し出を受け入れる」

「本当か？」

「でも、わたしの中の不安はまだ完全に払拭《ふっしょく》できてない。間宮さんみたいな家柄の人と接するのは初めてで、尻込みする気持ちはあって……それに」

それに、やはり出会いのきっかけになった人物のことが気にかかる。

しかしいざ問《と》い質《ただ》そうとすると、上手く言葉が出てこなかった。しばらく逡巡《しゅんじゅん》した燈子は口に出すのを諦め、「だから」と言って隣に座る彼を見つめた。

「間宮さんが言ってた〝お試し期間〟を、そのままおつきあいに移行するのはどうかと思って。要は〝プレ恋人〟って感じで、二ヵ月後にもし無理だと感じたらお別れするみたいな」

するとそれを聞いた間宮が、物言いたげに眉をひそめる。燈子は小さな声で続けた。

「……駄目、かな」

この期に及んで往生際が悪いと思うが、これが燈子の偽らざる本音だ。

手放しで彼との交際に踏み切る度胸はないが、心は揺れている。だったら〝お試し期間〟という形で少しずつ互いを知っていけば、もしかしたらずっと間宮と一緒にいようという気持ちになれるかもしれない。

しばらく押し黙っていた彼だったが、やがて小さく息をつく。そして慎重な口調で言った。

「確かに君の中の不安を一言で払拭するのは、難しいだろう。こう言っちゃ何だが、聞こえのいい言葉を言うのは誰にでもできるし、すぐに信じられない気持ちもよくわかる」

間宮は「でも」と続け、燈子を見つめた。

「要はその二ヵ月のあいだに、君との信頼関係を構築できればいいんだよな。だったら俺も頑張りがいがある」

彼は一旦言葉を区切り、ニッコリ笑って問いかけてくる。

「確認しておきたいんだけど、俺と君は今日からつきあいを開始するってことでいいのかな？」

燈子はドキリとしながら頷く。

「えっと……はい」

「よかった」

ホッとしたように微笑んだ間宮が、おもむろにハザードランプを切り、緩やかに車を発進させる。燈子は慌てて言った。

「ねえ、どこに行くの？　わたしのアパートはすぐそこなのに」

「晴れて〝恋人〟になったんだ。それらしいことができるところに行こうと思って」

それは一体、どういう意味だろう。

そう考えた燈子はふと思い当たり、慌てて言う。

「ねえ、さっき言ってた『身体の相性を試す』とかいうのは、別の機会でいいんじゃない？　もっと関係を深めてからとか……」

何も心構えができていない状態でいきなりそういうことをするのは、気が引ける。

そう考える燈子を見つめ、彼がニッコリ笑って言った。

「〝鉄は熱いうちに打て〟って言うだろう？　君は何も心配せず、俺に任せてくれ」

第三章

午後十一時少し前の不忍通《しのばずどお》りは夜でも交通量が多く、車の流れは少しゆっくりだった。

燈子の自宅がある田端から都心に向かって車を走らせながら、間宮は考える。

（さて、どこのホテルにしよう。間宮《う》ホテル《ち》の系列にするか、それとも他社にするか）

自社の系列ホテルの上位スタッフは、運営会社の専務である間宮の顔を当然知っている。

急に訪れても部屋を用意してもらうことは充分可能だろうが、女連れで出入りすればいらぬ注目を集めてしまうのは必然だ。それは少々煩《わずら》わしいものの、ホテル経営をしている立場からすると、よそに行くよりも自社の素晴らしさを燈子に見せたいという気持ちが強くある。

そう考えた間宮は二十分ほど車を走らせ、オフィス街の中にある自社ホテルに向かった。

「間宮さん、ここって……」

「ジュビラントホテル東京——数年前に開業した、うちの系列ホテルだ」

ジュビラントホテル東京は間宮が立ち上げに関わり、数年前にオープンさせたホテルで、コンセプトは〝非日常的なラグジュアリーさを約束する、都市型リゾートホテル〟となっている。

複合ビルの最上層にありながらゆったりと贅沢《ぜいたく》な広さを持ち、オリエンタルで高級感のある空間が売りだ。ロビーがあるのは三十三階で、エレベーターを降りるとフロアの中央に澄んだ水を湛《たた》えた大きな池があり、枝葉を広げたゴージャスな生花が活けられている。

それを見た燈子が、息をのんでつぶやいた。

「すごい……」

「このロビーのデザインは、国際的に有名な建築家に依頼したんだ。天井の高さと採光にこだわって、ビルの中だという閉塞感《へいそくかん》を感じさせない、庭園のような造りになっている」

間宮は彼女をソファに座らせ、「ここで待っていてくれ」と告げる。

そしてカウンターに歩み寄ると、こちらに気づいたコンシェルジュが立ち上がって言った。

「間宮専務、お疲れさまです。今日はいかがなさいました？」

「部屋を取りたい。コーナースイートは空いてるかな」

「残念ながらコーナースイートには空きがございませんが、スイートでしたらすぐにご用意できます」

「では、それで頼む」

宿泊の理由をあえて詮索《せんさく》せず、まったく顔色を変えないのは、彼がコンシェルジュとして優れた資質を持っているからに他ならない。

やがて部屋の準備が整い、スタッフの案内を断った間宮は、燈子を連れて上の階へ向かった。上層階専用のエレベーターの中でチラリと様子を窺うと、彼女はひどく緊張した顔をしている。

（半ば強引に迫った感じだし。……まあ当然か）

——昨夜間宮は、燈子に対して「〝友人〟ではなく恋人として僕とおつきあいしていただけませんか」と申し込んだ。

趣味が合うところやさっぱりした性格、仕事熱心なところを好ましく感じて申し込んだものの、彼女は家柄の違いを理由に断ってきた。そんな燈子に間宮は二ヵ月の

〝お試し期間〟を提案し、とにかく自分との交際を前向きに考えてくれるように説得した。

それでも腰が引けていた彼女だったが、先ほどようやく交際を了承してくれた。しかし例の〝お試し期間〟を、そのままプレ恋人に移行するという条件付きだ。

ある意味往生際の悪い燈子の言葉を聞いた瞬間、間宮の中に不満がこみ上げたものの、前向きに考えることで気持ちの折り合いをつけた。

(要はその二ヵ月間で、自分に惚れさせればいいだけの話だ。ここまできたら絶対に逃がさない。何が何でも俺を好きにさせてやる)

早速間宮は「身体の相性を確かめるため」と言って、燈子をこのジュビラントホテル東京に連れ込んだ。

〝鉄は熱いうちに打て〟という慣用句のごとく、まずは身体の関係を作って繋《つな》がりを強固にするのが目的だが、いつにない自身の強引さに苦い笑いがこみ上げる。

(まさかこれほどまでに、執着するとはな。……誰かに対してこんな気持ちを抱くことは、二度とないと思ってたのに)

心に焼きついている人物の面影はまだ消えず、もしかしたら一生忘れるのは無理かもしれない。

だが間宮の燈子への気持ちは、それを凌駕《りょうが》するくらいに強くなりつつあった。出会ってから約一ヵ月、加速度的に惹《ひ》かれていって、会うたびに「可愛い」と思う。彼女がこちらに腰が引けているのがわかる分、なおさら距離を詰めたくてたまらない。

（でも……）

おそらく燈子は、それほど男慣れしていない。

はっきりそう言っているわけではないが、何度も会っているうちに、ふとしたしぐさや反応からおのずとわかることだ。だが彼女のほうは隠したいのか精一杯の虚勢を張っていて、間宮はわざと煽《あお》る形でこうしてホテルに連れ込んだものの、ほんの少し罪悪感をおぼえている。

（かなり緊張してるみたいだな。怖がらせるのは本意じゃないし、ここからは慎重にならないと）

そんなことを考えているうち、エレベーターが目的の階に着く。

開いたドアから廊下に出た間宮は、奥に進んだ。そしてカードキーで開錠し、部屋に入る。

「どうぞ」

「……………」

ホテルマン時代に培った優雅なしぐさで促すと、燈子が気後れした様子でそろそろと室内に足を踏み入れる。彼女は目の前に広がる光景に、感嘆の声を上げた。

「わあ……」

スイートルームは一三九平方メートルの広さを誇り、大きな窓からはきらびやかなビル群と外苑《がいえん》の森が見え、晴れた日には富士山まで見渡せる眺望が自慢だ。

優雅な雰囲気のリビングとベッドルーム、コンパクトな書斎とワインセラーを備えていて、非日常的なリゾート感を醸し出している。間宮は燈子に説明した。

「コーナースイートだと、ここよりパノラマチックな夜景が見られたんだが。生憎空《あいにく》きがなかったようだ」

「わたし、こんな夜景初めて見ました。そもそも間宮ホテルに宿泊したことがなかったので、びっくりしてます。内装も眺めも素晴らしすぎて」

それを聞いた間宮は、噴き出しながら指摘した。

「喋り方、また敬語に戻ってる」

「あ、……」

間宮は腕を伸ばし、彼女の身体を引き寄せる。

細い身体は腕の中にすっぽり収まり、かすかに花のような香りがした。燈子がこちらの胸に手をつき、ふいに「あの！」と切り出した。

「わたし――間宮さんに、言わなきゃいけないことがあって」

「何？」

「さっきはさんざん経験豊富みたいに言っちゃったけど、実は男の人とは一人としかつきあったことないの。それも三年半前に別れたから、女としてはだいぶ枯れてて……その」

言葉が次第に尻すぼみになっていき、彼女がいたたまれない様子で目を伏せる。そして小さな声で謝った。

「だから……嘘をついて、ごめんなさい」

「謝らなくていいよ。奥野さんが恋愛経験が少なそうなのは、何となくわかっていたことだから」

間宮は笑い、頭一つ分低い燈子を見下ろして言う。

「それにつきあった人数が一人である事実も、何ら恥じる必要はない。君の人となりは交際相手の数で左右されるものではないし、むしろそうやって正直に話してくれたことを、好ましく思う」

彼女の腰を抱き寄せ、間宮は想いを込めてささやいた。

「謝るのは俺のほうだ。わざと挑発するような言い方をして君が反発するように仕向けたのを、心から反省してる。お詫《わ》びにうんと優しくさせてもらえないか」

「あ、……」

髪にキスをすると、燈子がビクッと肩を震わせる。

間宮は彼女を怖がらせないよう、身体のこわばりを解くまでやんわりと抱きしめ続けた。やがて燈子が様子を窺うようにそうっと視線を上げてきたため、そのタイミングで触れるだけのキスをする。

「……っ」

間近で視線が絡み合い、彼女がじわりと目元を染める。

再びキスをするとわずかに唇の合わせが開き、間宮は舌先でそろりとなぞった。少しずつ口づけを深くし、吐息を交ぜ合う。緩やかに舌を絡めるキスは甘く、互いの間の空気が濃密になっていくのを感じた。

唇を離すと、燈子は上気した顔で息を乱していた。それを見下ろし、間宮は彼女に問いかけた。

「シャワー、どうする？」

「……つ、使う」

「俺は一緒でもいいけど」

さらりとした軽口に燈子は慌てて首を横に振り、「一人で入るから」と答える。間宮は彼女の目元にキスをして笑った。

「わかった。――寝室で待ってる」

＊　＊　＊

足早に逃げ込んだ洗面所はライティングにこだわっていて、洗練された雰囲気だった。

浴室を覗《のぞ》いてみると、浴槽と床は黒の石造りで高級感がある。それを眺めながら、燈子は高鳴る胸の鼓動をじっと押し殺した。

（どうしよう。……何だかすごいところに来ちゃった）

意を決して条件付きの交際を受け入れた燈子だったが、まさかその足でこんなラグジュアリーホテルに連れてこられるとは思わなかった。

聞けばここは、間宮が数年前に立ち上げに関わったホテルだという。〝非日常的なラグジュアリーさを約束する、都市型リゾートホテル〟というコンセプトだそうだが、これまでビジネスホテルくらいにしか泊まったことのない燈子は、あまりの豪華さに気後れしてしまった。

(間宮さん、こんなホテルを造っているなんて、本当にすごい人なんだな。……安易に「つきあう」なんて返事しちゃって、ちょっと早まったかも)

彼の押しの強さには、戸惑うばかりだ。

突然交際を申し込んできた昨日から予想外にグイグイこられて、燈子は対応に苦慮していた。間宮は元華族の家系であるのが頷ける端正さの持ち主で、気品ある雰囲気だが、素の口調になるとそこにほんのわずかラフさが加わる。

それにドキドキしてしまう自分は、きっと彼のことが嫌いではないのだろう。先ほど車の中で告白してきたときの間宮の態度は真摯で、断ろうとしていた気持ちがあっさり覆されてしまった。

しかしこうしてホテルに来た今、じわじわと躊躇いがこみ上げる。

(このまま間宮さんと、しちゃっていいのかな。もし二ヵ月後に別れる話になったとき、つらくなったりしない?)

それに例の人物についても、いまだに聞けず仕舞いだ。

疑問をクリアにしないままつきあい始めることに、引っかかりをおぼえる。だがすぐに聞くことができなくても、〝お試し期間〟のあいだに問い質す機会は必ずあるはずだ。

それを聞いた自分がどんな決断を下すのか、燈子にはわからない。交際を継続するか、別れを選ぶかは、今のところ可能性は半々のような気がした。だが現時点では間宮を信じたい気持ちがあり、だからこそ彼の申し出を受け入れた。ならばここで躊躇うのは、とても失礼だと思う。

そう結論づけた燈子は服を脱ぎ、シャワーブースで身体を洗った。そして肌触りのいいバスローブを羽織ると、寝室に向かう。

（あ、……）

間接照明だけが灯《とも》った部屋の中、間宮はベッドに腰掛けて水を飲んでいた。

彼はスーツのジャケットを脱いでいて、ワイシャツとネクタイ姿を目の当たりにした燈子は、仄かな色気を感じてドキリとする。間宮が微笑んで言った。

「どうした？　そんなところに立ち尽くして。こっちおいで」

燈子が歩み寄ると、彼はベッドに座ったまま、こちらの腰を抱き寄せる。そして穏やかに問いかけてきた。

「もしかして緊張してるのかな。俺の性的指向は、至ってノーマルだけど」

「確かにちょっと緊張はしてるけど……怖がったりはしてない。自分なりに考えて、間宮さんとおつきあいするって決めたから」

そう答えた燈子は思いきって間宮の肩を強く押し、彼をベッドに押し倒す。

驚く間宮の身体に乗り上げ、マウントを取る形になりながら、燈子は彼を上から見下ろして告げた。

「だからわたしに、確かめさせて。間宮さんとの相性がどうなのか」

「――……」

まさか自分が押し倒されるとは思っていなかったのか、間宮が唖然としてこちらを見上げる。

やがて彼は噴き出し、楽しそうに言った。

「てっきり怖気づいてるのかと思いきや、そうくるとはな。やっぱり君は、意外性があって面白い」

間宮が腕を伸ばして、燈子の頬を撫でてくる。彼は余裕の笑みを浮かべつつ促してきた。

「じゃあ、君の好きにしていいよ。どうぞ」

「……」

許可を得た燈子は、手のひらで間宮の胸に触れる。

ワイシャツ越しの感触は硬く、男らしい厚みがあった。ネクタイを解き、ボタンを外す。なめらかな素肌に触れ、無駄のない身体のラインを確かめた燈子は、感心してつぶやいた。

「間宮さんの身体、すごく引き締まってる。鍛えてるの？」

「週に一回ジムに行って、泳いでる」

「そうなんだ」

久しぶりに触れる男性の身体に、燈子の胸はドキドキする。身を屈め、唇で直接肌に触れると、彼の身体がピクリと動いた。

ついばむように胸から腹へと口づけながら、燈子は間宮の匂いを嗅いで陶然《とうぜん》とする。

彼が腕を伸ばし、こちらの頭に触れて言った。

「君の髪が、くすぐったい」

「髪の毛だけ？」

本当は感じているのではないかと言外に問いかけると、間宮がふと微笑む。

その眼差しが孕《はら》む色気にドキッとした瞬間、彼が燈子の二の腕をつかんでささやいた。

「――そろそろ俺にも、触らせて」

「あっ……」

上半身を引き寄せられ、端整な顔がぐんと近くなる。

間宮の大きな手が燈子の顎をつかみ、指が唇に触れてきた。

「舌、出して」

「……っ」

わずかに出した舌先で彼の指を舐《な》めるうち、次第に淫靡《いんび》な気持ちが高まっていく。

硬い指を自分の唾液が濡《ぬ》らしていく様は、視覚的にも性感を煽った。

やがて間宮の手が後頭部を引き寄せ、深く唇を塞《ふさ》がれた。

「ん……っ」

舌を絡め合う感触に肌が粟立《あわだ》ち、ゾクゾクする。

そうするうちに身体がぐるりと反転し、ベッドに押し倒されていた。燈子の上に覆《おお》い被《かぶ》さった彼が、濡れた唇を舐めつつ言う。

「ここからは、俺の好きにさせてもらうから」

「あ……っ」

――間宮の触れ方は、丁寧だった。

彼は燈子の全身をくまなく愛し、じわじわと性感を高めていく。その巧みな触れ方に息も絶え絶えになり、すっかり身体の力が抜けた頃、間宮はようやく中に押し入ってきた。

彼の熱情を秘めた眼差し、押し殺した息遣い、額ににじんだ汗に、燈子の胸がきゅうっとする。律動に喘《あえ》がされながら間宮の身体にしがみつくと、それ以上の力で強く抱き返してくれた。

「……っ、間宮、さん……」

「燈子……」

吐息交じりの声で名前を呼ばれた瞬間、燈子の中にこみ上げたのは、彼へのいとおしさだった。

やがてさんざん乱されたひとときが終わり、間宮の腕の中に抱かれた燈子は、じっと彼を見つめる。視線に気づいた間宮が腕を伸ばし、乱れた髪を撫でながら問いかけてきた。

「少し疲れさせちゃったかな。明日も仕事なのに、ごめん」

「ううん、それはいいんだけど。間宮さんって……思ってたのとだいぶ違うなって」

「どこが？」

「だって、見た目はいかにも御曹司っていう雰囲気なのに……何かいろいろ上手だし」

燈子がモゴモゴと言葉を濁すと、彼が笑って言う。

「それは君の中で、マイナスになった？　理想と違って幻滅したとか」

「……そんなことないけど」

「だったらよかった。確かに俺は、対外的には作ってる部分がたくさんあるよ。現場にいた頃は私情を抑えて完璧に取り繕わなきゃいけなかったし、会社での立場もあるから、余計に」

間宮は「でも」と言葉を続ける。

「君の前では、素の自分でいたい。それで俺のことを好きになってくれたらいいと思ってる」

「…………」

彼の瞳には嘘がなく、燈子は頷いて答えた。

「わかった。じゃあわたしも、なるべく素の自分を見せるようにする。もしがっかりしたら、それまでってことで」

どちらかといえばがさつな性分のため、むしろその可能性のほうが高い気がする。

そんなことを思う燈子に対し、間宮が笑って言う。

「俺が君に幻滅することはないから、大丈夫だ。既にこのとおり骨抜きにされてしまってるし」

「骨抜きなの？」

「ああ、ぞっこんだ」

唇に触れるだけのキスをされ、間近で甘く見つめられて、燈子の頬がじんわりと熱を持つ。吐息の触れる距離で、彼がつぶやいた。

「とりあえず俺のことは、名前で呼んでくれるとうれしい。覚えてるか？」

「頼人……さん？」

「ああ」

間宮がうれしそうに微笑み、燈子の身体を抱き寄せる。

そして髪に顔を埋め、想いを込めてささやいた。

「君に正式な恋人と認められるために、どんなことでもする。だから早く俺を好きになってくれ——燈子」

結局そのあともう一度抱き合ってしまい、すっかり疲労困憊《ひろうこんぱい》した燈子は、なし崩しにジュビラントホテル東京に宿泊してしまった。

朝日が差し込むバスルームで入浴し、身支度を整えたあと、ルームサービスでアメリカンブレックファーストを取る。スムージーやエッグベネディクト、グリーンサラダ、フルーツのコンポートを添えたヨーグルトと三種類のパンなどの優雅なメニューに、燈子は感嘆のため息を漏らした。

「すごい、贅沢な朝ご飯。サイドディッシュも三品選べるなんて、全部食べきれるかな」

「ここで使っているバターは契約牧場で作ってもらっている特別なものだし、卵も餌《えさ》にこだわった有精卵だから、他とは味が違うと思うよ。もし残したら俺が食べるから、好きなものを選んで」

まるでセレブになったかのようなメニューに舌鼓《したつづみ》を打ち、朝食を終える。

その後はチェックアウトし、間宮が職場まで車で送ってくれた。ホテルから十分ほどの距離を走り、オムニブスフィルムの手前の路肩で車を停車させた間宮が、こちらを見て言った。

「俺の仕事の都合で、こんなに早く着いてしまってごめん。もう少しゆっくりできればよかったんだけど、朝一で会議を予定していて」

「ううん。行けば行ったでやることがあるから、何も問題はないの。誰もいない中で作業すると、結構はかどったりするし」

「ああ、それはあるな」

車内に束の間、沈黙が満ちる。

フロントガラス越しに見える空は澄み渡り、とてもいい天気だった。朝の爽やかな雰囲気の中では、昨夜の出来事がまるで嘘のようだ。たった一晩で急速に親密になり、何となく離れがたい気持ちがこみ上げたものの、お互いにこのあと仕事がある。

燈子が「じゃあ」と言おうとした瞬間、間宮と目が合った。彼はやるせなさそうな表情で言う。

「……離れたくないな。お互いに仕事だというのが、もどかしい。もっと君と一緒にいたいのに」

甘い睦言《むつごと》に、心をぎゅっと締めつけられる。

昨夜のひとときを彷彿《ほうふつ》とさせる眼差しを向けられると、身体の奥に仄かな熱を灯される気がした。燈子を見つめながら、間宮が言葉を続けた。

「まあ、社会人だから仕方ないな。時間が取れそうなときは連絡してもいい？」

「うん。もちろん」

燈子が頷くと、彼がうれしそうな顔をする。

そして助手席のヘッドレストに手を掛け、こちらの髪に口づけて言った。

「――じゃあ、また」

「……っ」

咄嗟に往来を確認したものの、ちょうど通りかかる人はおらず、辺りは無人だった。安堵に胸を撫で下ろした燈子は、車を降りる。そして間宮に手を振り、彼の車が走り去っていくのを見送った。

(何だかまだ、実感がない。……わたし、暫定とはいえあの人の〝恋人〟になっちゃったんだよね)

ラグジュアリーホテルでの一夜は、まるで夢のようだった。

ベッドでの間宮は情熱的で優しく、当初に比べるとまた少しイメージが変わったものの、決して嫌ではない。むしろこれまで知らなかった男っぽい一面を見て、ドキドキしている。

(わたし、現金すぎるかな。一度抱き合った途端、たやすく気持ちまで持っていかれちゃうなんて。……でも)

久しぶりの恋愛で少しくらい浮かれても、罰は当たらないはずだ。

三年半ぶりに訪れた恋の相手は思いがけずハイスペックで、気後れする感じは否めない。だが〝お試し期間〟を設けることを認めてもらったため、向こうの人となりを吟味する時間は充分あるのは幸いだった。

前につきあっていた相手のように、間宮が自分を裏切る可能性は想像したくもないが、「たとえそうなっても、つきあう期間が二ヵ月ならば傷は浅く済む」という計算が燈子の中にある。

（……例の人のことは、ちゃんと確認しなきゃいけないけどね）

身体の奥には、まだ昨夜の行為の余韻が色濃く残っていた。しばらく車が走り去った方角を見送っていた燈子は、やがて小さく息をついて会社があるビルの中に入った。

第四章

ホテルの開業には、さまざまな分野の人間が関与している。大きく分けると〝オーナー〟〝建築設計施工〟〝オペレーション〟の三つがあり、それぞれサポートし合いながらオープンまで持っていくプロセスが必要だ。

まずオーナーは文字どおり所有者であり、ホテル事業で収益を得る存在で、企画段階においてはその意向が大きく反映される。新規開業の企画立案、建築設計設備会社の選定と依頼、ホテル運営者の任命などがその主な役割だ。

そして建築施工設計に携わる会社は極めて専門性が高く、通常は〝プロジェクトマネージャー〟と呼ばれる建築の全工程を管理運営していく責任者が選出される。

一口に建築設計施工といってもその業務は多岐に亘《わた》り、〝建築工事〟は躯体《くたい》の建築、内装、造園などに分類でき、〝専門設計〟はホテルのインテリアデザインなどの中心を担う。

ランドスケープやライティングも専門設計に含まれるが、ホテルの家具や設備にまつわる部分は〝FFE設計〟として細分化されており、それぞれの分野に専門家やコンサルが存在していた。

これらの業務はいわゆる〝ゼネコン〟と呼ばれる総合建築会社が多くの機能を兼ね備えている場合が多いものの、すべてを賄えるケースは非常にまれだ。

そのため、オーナー側の人間でありつつ開業準備室の室長を兼ねる間宮は、プロジェクトマネージャーと協議しながらそれぞれの専門家を適宜アサインし、ホテルという総合的な施設を創り上げるべく動いていた。

昼の十二時過ぎ、社内の自室に戻った間宮は一息つく。ゴールデンウィークが明けたばかりの今日は午前中に二つの打ち合わせを終え、夕方にも会議を予定している。それまでに資料に目を通し、自分なりの意見をまとめなければならず、昼食もそこそこにパソコンの電源を入れた。

（専門設計のラフ、「締め切りを一週間延ばしてほしい」という打診がきていたが、その後どうなったかな。進捗《しんちょく》具合を知りたいし、少し探りを入れてみるか）

開業までの流れはオーナー側が企画などの初期段階を、建築設計会社が中盤を、開業準備室が最終仕上げとオープン後のオペレーションを担うが、どこかひとつが足並みを乱すとそれは全体に波及しかねない。

三つのバランスが崩れれば後々何かしらの問題が生じてくるのは経験上わかってお

り、早いうちに手を打たなくてはならなかった。

デザインラフの進捗《しんちょく》を伺う文面を作成し、メールを送信した間宮は、椅子に背を預ける。窓の外はうららかに晴れ、春の日差しが燦々《さんさん》と室内に降り注いでいた。

こうして時間が空いたときに思い浮かぶのは、燈子の面影だ。約二週間前、間宮は彼女と気持ちが通じ合い、自分たちは晴れて恋人同士になった。

(……まあ、〝お試し期間〟っていう条件付きだけどな)

燈子との関係は、今のところ上手くいっている。

ゴールデンウィークの前半は間宮の出張が入っていて会えなかったものの、後半の三日間は一緒に過ごすことができた。一日目はドライブや食事をし、夜は間宮が住むタワーマンションに招待したが、その後の二日間箍《たが》が外れたように抱き合ってしまったのには苦笑しかない。

(三十二歳にもなって、我ながら呆《あき》れる。もう少し年相応の過ごし方をすればよかったものを、どれだけ堪《こら》え性《しょう》がないんだか)

つきあい始めたのがゴールデンウィークの直前だったため、観光地はどこも予約を取れなかったという理由があるにせよ、休みのあいだにしていたのが抱き合うことだけなど、だいぶ爛《ただ》れている。

だが裏を返せば、それだけ燈子に嵌まっているといえる。六つ年下の彼女のことが、間宮は可愛くて仕方がなかった。

（彼女が自然体で接してくれるからかな。俺も変に取り繕う必要がなくて、一緒にいてリラックスできる）

最初こそ間宮の素性に気後れし、友人になることすら辞退しようとしていた燈子だったが、今は少し開き直ったようだ。

敬語を使うのをやめた彼女は屈託がなく、よく話しよく笑った。豊かな表情は見ていて飽きず、間宮もつられて笑顔になっている。きれいな顔立ちをしているのに男慣れしておらず、甘い言葉にすぐ動揺するところも微笑ましく見え、間宮の庇護欲をそそった。

（こんなにも惹かれるのは、やはり光里に似ているからか？　……でも、中身は全然違う）

間宮の記憶の中にある女性の面影は、燈子によく似ている。

彼女は名家の育ちにふさわしく楚々《そそ》としていて、ときおり見せる笑顔が可愛らしかった。話す言葉からは深い知性が感じられ、むやみに男に従うのではなく自分の意見をしっかり述べられるところが尊敬できた。

彼女と比べて燈子はかなりざっくばらんな性格であるものの、言動はさっぱりしており、フットワークの軽さが溌剌《はつらつ》とした印象に拍車をかけている。

顔形はよく似ているのに性格はだいぶ違っていて、最近の間宮は二人を重ねて見ることはなくなっていた。むしろ今目の前にいる燈子のほうに急速に心惹かれている自覚があり、そんな自分にシクリと罪悪感をおぼえる。

（かつては「もう誰も愛せない」と思っていたのに、こうしてまんまと燈子に心を奪われているなんてな。彼女を光里の代わりにしているわけではないが、何となく後ろめたさがある）

光里について燈子に話す予定は、今のところない。

事情を聞かされた燈子が困惑するのは目に見えており、いらぬ誤解を引き起こしたくないからだ。今、自分が最優先にするべき行動は燈子に誠実に向き合うことで、信頼関係を構築するのが第一だと間宮は考える。

（早く燈子に正式な恋人だと認めてもらわなきゃな。そのためには、なるべく彼女と会う時間を作らないと）

とはいえ間宮は多忙で、国内外の出張や会合などが目白押しだ。

今日も夕方の会議が終わったあと、夜から経済界のセミナーと懇親会に顔を出す予定になっている。

精力的に仕事をこなし、午後六時に会社を出た間宮は、社用車で都内のホテルに向かった。大きな広間には既にさまざまな分野の人々が集まり、立ち話をしている。

顔見知りの経営者と挨拶を交わしながら会場内を歩いていた間宮は、ふいに背後から話しかけられた。

「久しぶりだな、間宮」

「……神崎《かんざき》」

そこに立っていたのは、背の高い同年代の男性だ。

彼——神崎卓也《たくや》は間宮の大学時代の友人で、学生の頃に起業し、現在はダイレクトマーケティングを基軸としたコンサルティング会社を経営している。

互いに仕事が忙しいが、今日のようなパーティーや会合で会えば親しく話し、ときには酒を酌み交わす仲だった。神崎は快活な笑顔で言った。

「最近は顔を合わせる機会が少なかったから、そろそろ連絡しようと思ってたんだ。忙しいのか？」

「ああ。新規開業のプロジェクトに関わっているから」

「へえ、間宮グループの新しいホテルか」

社外秘の部分を上手く伏せつつ、互いの近況についてしばらく話し込む。そして彼がかねてから交際していた女性と別れたというのを聞き、間宮は苦笑して言った。

「今回こそは身を固めるのかと思ったが、そうではなかったんだな。相手の女性は、結婚したがってたんじゃなかったのか？」

「まあな。でもあまりプレッシャーをかけられると、かえって気持ちが冷めるもんだよ。俺が薄情だっていえばそれまでかもしれないけど」

神崎は「ところで」と言葉を続けた。

「間宮も立場的に、周りから結婚を勧められるだろ。何しろお前が跡継ぎを作らないと、間宮家の存続に関わるんだもんな。まあ、お前が光里さんのことを忘れられない気持ちもよくわかるが」

「…………」

彼は、こちらの事情をよく知っている。間宮は努めてさりげない口調で答えた。

「実は今、つきあっている相手がいるんだ」

「えっ、マジか」

「ああ。ごく最近の話で、暫定的な関係だが。俺としては、真剣に向き合っていきたいと思ってる」

驚いたように目を見開いていた神崎は、やがて笑顔になって言った。

「そうか。三年経って、やっとそういう気になれたんだな。それで相手は一体どういう素性の子なんだ？　まさか見合いとか？」

「いや、映画の配給会社に勤めてるんだ。映画館で何度か顔を合わせて、共通の趣味を通じて仲良くなった」

話しているうちにセミナーの開始時刻になり、司会者がマイクを手に挨拶を始める。

そちらを気にしつつ、神崎がヒソヒソと言った。

「今度会わせてくれよ。ほら、近々チャリティガラパーティーがあるだろ。そこに連れてくるのはどうだ」

「俺はともかく、彼女の都合を聞かないとわからないが」

燈子はそうしたパーティーに、同伴してくれるだろうか。

考え込む間宮を尻目に、神崎は強引に話をまとめた。

「決まりな。お前がどんな子を連れてきてくれるのか、楽しみにしてるよ」

＊　＊　＊

映画業界は少し前までは低迷が続き、一時期はだいぶ厳しい状況だったものの、最近は一箇所に多数のスクリーンを設ける〝シネコン型映画館〟の拡大、そして3D映画の普及によって、来場者の数は増加に転じている。

かつては大手の映画会社が製作した映画がヒットするのが当たり前だったが、近年は無名の監督の作品や、低予算で作った自主製作映画が国内外で大きな賞を受賞することも多い。

業界内における映画配給会社の位置づけは、膨大な作品の中からヒットしそうなものを見つけるのが仕事であり、大衆へのアプローチの仕方も含めて腕の見せ所だ。

週の半ばの木曜、完成した企画書をチーフである小林に提出した燈子は、緊張しながら答えを待つ。目の前で書面を見つめた彼が、「ふうん」とつぶやいた。

「マーケティングで外部環境の何を利用すべきかという点が、『国と社会に対する不安』『閉塞感からの強い反発』ってのは、なかなか現代的だな。ターゲットはあえて〝万人〟にはせず、『働き盛りの男性』にしたわけか」

作品をアピールするための戦略《マーケティング》を考えるに当たって、〝どのような層を顧客とするべきか〟を考えるのを、〝ターゲティング〟という。

今回の映画はイタリアの南北格差問題をテーマにした物語で、南部で父を失った兄妹が北部の大きな町で暮らす長兄を頼って引っ越し、そこで生まれる価値観の違いや格差による挫折《ざせつ》、兄妹それぞれの目を通して人と社会の在り方を問うストーリーだった。

作品が持つ重苦しい雰囲気は現代の日本にも通じるものだと感じ、燈子は自社での配給にこぎつけるべく企画書を作った。ターゲットは働き盛りの男性とし、テーマの重さを個々が抱いている責任感と共感できるようにアピールする――そんな内容を熟読した小林が、頷いて言った。

「うん、よくできてるんじゃないか？　俺は面白いと思うから、次の会議に出してみるよ」

「ありがとうございます！」

正社員として採用されてから二年、燈子の企画書が通ったことはわずか一回しかない。

会社として配給や宣伝をする作品は年間に九本程度のため、かなり狭き門だ。なかなか採用されない現状に何度も心が折れそうになりつつも、燈子は毎月二本企画書を書くことをノルマにしていて、今回のは特に力が入っていた。

自分の席に戻り、小さく息をつく。社長を含めた役職者の会議でどうなるかはわからないが、まずは第一段階クリアだ——そう考えながらパソコンの時刻表示を確かめた瞬間、ふいに隣から声が響いた。

「奥野さん、もう昼休みですけど」

声をかけてきたのは、木内だ。

燈子は「またか」という気持ちを極力顔に出さないようにしつつ、彼に向かって言う。

「わたし、ちょっと急ぎで返さなきゃいけないメールがあるから……木内さん、先にお昼行ってきていいよ」

「いえ、待ってます」

「でも遅くなるし」

「大丈夫です」

それきり木内は手元の作業を再開してしまい、燈子は内心歯噛みする。

木内が入社してきて約半月、彼にはほとほと手を焼いていた。

（お昼くらい一人で行けばいいのに、何で必ずわたしと一緒じゃなきゃいけないんだろ。いくら指導係とはいえ、こんなにべったり甘えられるの、結構しんどいんだけど）

木内は先月の下旬、アルバイトとしてオムニブスフィルムに入ってきたが、社員の中で一番の下っ端である燈子が彼の指導係に指名された。

自分にも仕事があり、それをこなしながら新人の面倒を見るのは大変であるものの、社長から直々に頼まれたのだから断れない。そう思い、会社の業務を一から丁寧に教え始めた燈子だったが、木内は積極性に欠けており、指示されなければまったく動かない人物だった。

仕事を教えてもメモを取らず、「書かなくて大丈夫？」と聞くと、「これくらいは覚えられるんで」と答える。しかし実際にその作業をやらせてみた途端、しばらく固まったあとに自己流のやり方をするのが常で、なおかつ「そっちの教え方が悪いからだ」と言わんばかりにぶすっとして黙り込むことが多かった。

無類の映画好きなのは確かだが、任される業務はもっと華々しいものを想像していたらしく、自分に割り振られる雑務に明らかに不満を抱いている。それを顔に出してしまう辺りが、彼の精神性の幼さを物語っていた。

（コアな映画に関してはかなり詳しいし、社長なりに見所があると思って採用したんだろうけど。……この人を使えるようにするのは、わたしにはちょっと荷が重いな）

燈子の中には手を抜く気持ちは一切なく、精一杯優しく教えてきたつもりだ。

だがそれが裏目に出たのか、最近の木内はことさらこちらに依存心を抱いているように見える。そのきっかけは、やはりランチだったのかもしれないと燈子は考えていた。

（今思うと、始めにあれこれ世話を焼いたのがいけなかったのかも。……でも同じテーブルであんな態度を取られたら、お店にも迷惑だし）

入社した当日は取材対応でバタバタしていて、昼食はコンビニで買ってきたもので済ませたが、翌日彼が何も持ってきていないのに気づいた燈子は近くの店のランチに誘った。

するとおとなしくついてきた木内は、店のドアの前で立ち止まり、燈子が開けてくれるのを待っていた。そのときも引っかかりをおぼえたが、問題は席に通されてからだ。

メニューを眺めていた彼は燈子が「決まった？」と聞けば無言で指で示すが、店員がオーダーを取りに来ても押し黙ったままでそっぽを向いている。

その態度に驚いたものの、混み合っている店内で店員を煩わせるのもどうかと思い、結局燈子が代わりに「これでお願いします」と伝える羽目になってしまった。

それから木内は、毎日昼休みになると燈子の元にやって来て一緒に過ごすようになった。最初のうちは「まだ会社に慣れていないし、仕方ないか」と容認していたものの、それが連日ともなると次第に戸惑いがこみ上げてくる。

しかもランチで訪れた店では、ドアを開けたり料理をオーダーするのを当然のように燈子にやらせていた。そんな彼の態度を目の当たりにするうち、燈子は「この人は、親に相当甘やかされて育った人なのかな」と感じていた。

（何ていうか、すべてが受動的なんだよね。全部誰かがやってくれるのを待っていて、自分からはまったく動こうとしない）

それは仕事に対する姿勢にも反映されており、作業を逐一指示しなければならないことが少しずつ燈子のストレスになっていた。

入社して半月が経つのだからいい加減自分の頭で考えて動くべきなのに、木内は言われたことしかしない。しかもそれすら間違えているときがあって、結局は修正で二度手間になってしまう。

（注意するときも頭ごなしにならないように気を使うから、すっごく疲れる。できれば誰かに代わってもらいたいけど、他の人は忙しいし）

これまで昼休みは会社の人とランチに行ったり、デスクで買ってきたものを食べながらスマートフォンをいじったりと、日によって自由気ままに過ごしていた燈子は、木内の存在が重荷になり始めていた。

「たまには一人になりたい」と考えてやんわり時間をずらそうとするものの、先ほどのように「待っています」と言われ、内心ため息をつく。

結局メール返信を終えた十分後、燈子は彼と一緒に近所の定食屋に出掛けた。戻ってくると先輩社員である小野寺久志《おのでらひさし》が事務所内にいて、燈子に問いかけてくる。

「来週の東北地方の劇場視察の件だけど、奥野は都合どうなんだっけ」

「わたしは浅田博《あさだひろし》監督のインタビューが入ってるので、行けません」

「あ、そっか」

映画をブッキングするに当たっては、実際に現場を見なければマーケットの状況を具体的に把握するのは難しい。

映画館がどんな立地にあるのか、週末はどんな客層が集まるかなど、周辺の情報を自分の目で見ることが重要になる。そこで燈子はふと思いつき、小野寺に向かって提案した。

「木内さんを同行するのはどうでしょうか。地方の映画館を見て回るのは、勉強になると思いますし」

するとは少し考えて答えた。

「確かに俺らもまだ木内と全然話せてないし、それもいいかもな。木内、そういうことだから、月曜から一泊二日で劇場視察だ。用意するものは着替え以外何もないけど、あとで出張届を書いて事務の川口《かわぐち》さんに出しておいて」

「えっ、あの」

小野寺が去っていき、それを見送った木内が、ムッとした様子で問いかけてくる。

「いきなり出張とか言われても、困るんですけど。何なんですか、劇場視察って」

いかにも不満げな彼の顔を見つめ、燈子は答えた。

「映画の作品力に応じて適切な公開劇場数を確保したり、上映日数を決めることを〝ブッキング〟っていうのは、最初に教えたよね？　通常は配給会社がそれぞれの地域の映画館と交渉して、全国の公開数が決まっていく」

「はい」

「近年はシネコン、つまり一施設の中に五つ以上のスクリーンを持つ映画館が普及してきているけど、シネコン形態以外の劇場を〝既存館〟っていうの。今回の出張は、その視察とブッキングの商談」

最近のシネコンの乱立に伴い、規模の小さい既存館は窮地に立たされている。

長年に亘って大手配給会社と密接な関係を築き、上映契約を交わして営業を続けてきた既存館だったが、今はその配給会社自体がシネコンの経営を始めてしまったために、図らずもライバルとなった状況だ。

次々とオープンするシネコンに対抗できるだけの体力を持ったところはまれで、都市圏を除いて閉館に追い込まれるところが少なくなく、深刻な問題となっている。

オムニブスフィルムはそのような昔ながらの映画館と、積極的にブッキングするようにしていた。数ヵ月おきに行う劇場視察は、現状把握と映画館との商談のためだ。実際に目で見て劇場と周辺地域の雰囲気をつかみ、なおかつ経営者と直接交渉できるパイプを作っておくのが、出張の目的だった。

燈子は木内に向かって言った。

「地方の映画館って個人ではなかなか行く機会がないし、将来的にここの正社員になりたいなら、現場を見るのはいい勉強になると思うよ。だから行ってきたら？」

「……奥野さんは……」

「さっきも言ったけど、わたしは来週、浅田監督のインタビューがあるから行けないの。今回の出張、小野寺さんと中谷さんが一緒だし、二人と仲良くなるチャンスだよ」

話を一段落させ、販促物が入った戸棚の整理を彼に頼んだ燈子は、自分の席に戻ってホッと一息つく。

自然な形で木内と離れるチャンスを作ることができて、心から安堵していた。

（これを機に他の人たちとも仲良くなって、わたしから離れてくれるといいな。いつまでもお世話係みたいに扱われるの、やっぱり疲れるし）

パソコンに向かい、今日観た作品のレジュメを書き始めつつ、ふと気づけば間宮のことを考えている。

彼と交際を始めてから、半月が経っていた。意外なほど強引に迫られ、その熱意に押し切られる形で恋人になるのを了承したものの、今は〝二ヵ月のお試し〟という暫定的な関係だ。

元華族の家柄で有名なホテルグループの御曹司という間宮の素性には、正直今も困惑している。一般庶民の家庭で育った燈子はどう考えても釣り合っておらず、身分差は歴然としていた。

恋人としてつきあうまでならOKかもしれないが、その先を考えた場合、彼の家族から横槍が入る可能性は充分ある。心の中に忘れられない人がいて、その人物と自分を見間違えたかもしれない懸念もあり、燈子は〝お試し〟という予防線を張らざるを得なかった。

一度ベッドを共にしてからの間宮は、蕩《とろ》けるように優しくなった。

それ以前も細やかな男だったが、そこに甘さが加わり、ドキリとするような眼差しで燈子を見つめてくる。

その瞳に浮かぶ色は真摯で、触れる手つきには気遣いがあり、本当にこちらを大切に思っていることが伝わってきた。品が良く端正な容姿でありながら情熱的な一面も持つ彼に、燈子は急速に惹かれていく自分を感じている。

（でも、どうなんだろ。わたしは頼人さんが連れていってくれるところには毎回びっくりしてるし、上手く振る舞えてる自信もないけど……もしかしたら、彼はそういう態度が面白くてわたしとつきあってるのかも）

間宮のような出自なら、おそらく今までつきあったのもそれ相応の家柄の女性であるはずだ。

そうした環境でいかにも庶民の燈子と出会い、「たまには毛色が違う相手も面白い」と考える可能性は、充分ある気がする。

先日は突然、「君をパーティーに連れていきたい」と言って、燈子を驚かせた。

『えっ、パーティー？』

（でも……）

『ああ。近々とある名家が主催する、チャリティーガラパーティーがあるんだ。参加費やオークションなどで収益金を集め、それを慈善団体に寄付する』

参加者は男女とも盛装するのが必須だが、和やかなムードのパーティーらしい。

これまで映画の完成披露パーティーには顔を出したことはあるものの、仕事の一環でダークスーツでの参加だったため、きちんとしたドレスなどは持っていない燈子は、慌ててそれを固辞した。

『わたしはいいよ。だって着ていく服もないし』

『それは俺が用意するから、心配しなくていい。実は友人が、君に会いたいと言ってるんだ。「つきあっている相手がいる」と話したら、そのパーティーに連れてこいと厳命されたから』

かくして強引に話をまとめられてしまい、燈子を銀座に連れていった間宮は、あちこちの高級ブランド店を回ってその日のためのドレスや靴、小物などを購入してくれた。

どれも目の玉が飛び出るような金額で、燈子は試着の段階で震え上がったが、彼にとっては些末なものらしい。恐縮しながら礼を言うと、間宮は微笑んで言った。

『気にしないでくれ。当日の君を楽しみにしてるよ』

銀座の高級ブランド店巡りでは彼の持つ財力がわかり、少し腰が引けてしまった。やはり有名ホテルグループの御曹司は、一般庶民とは住む世界が違う。いつかこの価値観のずれが、どうしようもないほど大きくなってしまうのではないか。

そんな思いがこみ上げて、燈子はマウスを動かす手を止め、目を伏せた。

(わたし、一生懸命マイナスの理由を考えて、頼人さんに惹かれる気持ちにブレーキをかけようとしてる。……だってわたしは、どう考えてもあの人に釣り合わないから)

彼は「自分の家柄や立場は、つきあう上でネックにはならない」「たとえ誰かに横槍を入れられたとしても、好きになった相手のことは全力で守る」と言っていたが、結婚までするとしたら道のりは険しいに違いない。

だったら最初からそういうことは選択肢に入れず、頃合いを見て身を引くべきだ――燈子はそう考えていた。

(本当はこんな気持ちで頼人さんとつきあうのは、誠実ではないのかもしれない。最初から及び腰で、ずっと一緒にいる覚悟もないなんて。……でも)

抱き合って肌を重ね、間宮の愛情や細やかさを知ってしまった今、優柔不断さが心に渦巻く。

何事も決断が早く、あまり思い悩む性質《たち》ではない燈子は、そんな自分にモヤモヤしていた。

（一人でいるときはこうして思い悩んでるくせに、実際頼人さんと会ったらあの人のことしか見えなくなるなんて、わたしってずいぶんちぐはぐだな。別れる決断をするなら、きっと早いほうがいいのに）

二ヵ月の期間が終わるまで、あとひと月半しかない。

期限がきたとき、彼からきっぱり離れることできるのか――そう考え、燈子は憂鬱な気持ちになった。

だがすぐに首を横に振り、思考を切り替える。

（ああ、もう。今結論が出ないことばかり考えていたって、仕方がない。そのための〝お試し期間〟なんだから、頼人さんをよく知ることに集中しよう）

交際を始めてから二週間、間宮とは二日おきくらいの頻度で会ってきた。

ゴールデンウィークの前半は彼が出張で会えず、後半の三日間は一緒にいられたものの、そのほとんどを抱き合って過ごしてしまったのを思い出し、じんわりと恥ずかしさがこみ上げる。

（せっかくのお休みだったのに、そのほとんどをベッドにいたなんて、何だか爛れて

るな。お互いを知る期間なんだし、もっと健全な過ごし方をするべきなのに）

恋人になって以降の間宮はとても情熱的で、燈子はすっかり調子を狂わされていた。あんなに涼やかな顔をしているくせに彼はスキンシップが多く、そのいちいちにどぎまぎしてしまう。それはこちらの恋愛経験の浅さがあるかもしれないが、あれほど顔が整った男に迫られて平気な人間はいないはずだ。

いつもつい流されて色っぽい展開になってしまっているが、男女交際とはそれだけではない。そこでふと燈子は、「たまにはまったり過ごすのはどうだろう」と考える。

（うん、いいかも。わたしのペースに合わせてもらうのって、今まではなかったし）

間宮にはいろいろな店に連れていってもらっているが、毎回当たり前のように奢られてしまい、心苦しい。

かといって自分の稼ぎでは彼が普段行くような一流店に招待することは難しく、現実的ではなかった。

あれこれ考えた燈子は、間宮に「今日は六時半頃に退勤する予定です」とメッセージを送る。すると彼から「じゃあ、七時少し前に駅まで迎えに行くよ」と返事がきた。

集中して仕事をこなし、六時半を少し回った頃に会社から出ると、夕暮れ時の空は淡いオレンジ色に染まっていた。ぬるい風が吹き抜ける往来を歩いた燈子は、数分で新橋駅に着く。

駅前で待ちつつ往来を歩く人々を眺めていたところ、やがて見慣れた黒塗りの高級車が目の前に滑り込んできた。車に歩み寄った燈子は、助手席のドアを開ける。

「お疲れさま」

運転席に座る間宮が微笑んでそう声をかけてきて、燈子は答える。

「頼人さんも、お疲れさま。迎えに来てくれてありがとう」

彼は今日も仕立てのいい三つ揃いのスーツをきっちり着こなし、とても端正な姿だ。前髪がわずかに掛かる目元は涼やかで、こちらを見つめる眼差しが甘さをたたえている。ハザードランプを切り、車を緩やかに発進させながら、間宮が言った。

「今日はイタリアンでもどうかな。地中海料理を出している店が恵比寿《えびす》にあるんだ」

「あ、えっと」

燈子は彼に提案した。

「今日は――おうちでまったり過ごさない？」

「えっ？」

「わたしの家に来るのはどうかなって。ほら、いつも出歩いてばかりで、そういう過ごし方をしたことってなかったでしょ？　わたし、何か作るから」

今までは忙しさにかまけて汚部屋暮らしだった燈子だが、ゴールデンウィークのあいだに一念発起して大掃除をした。

以前とは見違えるほどすっきり片づいている今なら、家に誰かを招いても恥ずかしくない。そう思って提案したものの、間宮は戸惑った顔をした。

「でも、君も仕事で疲れてるんじゃないか？　だったら外で食事したほうが……」

「ううん、平気。元々自炊は積極的にしてるほうだし、むしろそっちのほうが落ち着くっていうか」

そこでふと思い至り、燈子は慌ててつけ足す。

「あ、でも知ってのとおり狭いアパートだし、料理もプロ級とまではいかないから、もしかしてそういうのは嫌かな」

おそらく舌が肥えているであろう彼のことを考えると、やはり外で食事したほうがいいだろうか。

そんなことを考える燈子に、間宮が笑って言った。

「いや。ただ純粋に、君が疲れているなら負担をかけたくないと思っただけだよ。家に招待してくれるのも、手料理も、すごくうれしい」

彼はイタリアンの店の予約をキャンセルし、買い物をするためにスーパーに寄ってくれる。

カートを押して店内を歩いていると、間宮が物珍しげに周囲を見回しているのに気づき、燈子は問いかけた。

「こういうところに来るのは初めて?」

「ああ。俺は自炊はまったくしないし」

「そっか」

確かに生粋の御曹司である彼には、自炊をするイメージがない。

聞けば自宅マンションも普段は家政婦が入り、室内の掃除や衣類のクリーニングをしたり、飲み物やちょっとした食材を買っておいてくれているのだという。

(うーん、大丈夫かな。わたしのいかにも庶民な住まいを見て、もしかしたら幻滅するかも)

そんな心配が脳裏をかすめたものの、もう後には引けない。

店内をカートで回った燈子は、紫きゃべつや蛸《たこ》、きのこ類、鶏もも肉などを買い込む。そして自宅近くのパーキングに車を停め、徒歩でアパートに向かった。

「あの、本当に狭いから、びっくりしないでね」

「ああ」

田端駅から徒歩五分のところにあるアパートは三階建てで、見た目こそリノベーションされて新しいものの、築五十年の古い物件だ。

燈子の住まいは二階の一番奥で、部屋に入ってすぐ左手にトイレと浴室があり、キッチンは独立している。部屋は十畳だが、大きなクローゼットとバルコニー、二口のＩＨコンロが気に入って契約した物件だった。

「お邪魔します」と言って入ってきた間宮に、燈子はスリッパを勧める。どこか面食らった顔で室内を眺める彼に、苦笑して言った。

「狭くてびっくりするでしょ？　でも一人暮らしだし、中はリフォームされてるし、駅から近いからちょうどいいかなって」

「……確かにこういう物件に入ったのは初めてだから、いろいろと新鮮だ」

間宮はＩＨコンロの真横という奇妙な位置にある洗面台や、脱衣所がないバスルームを見たのは初めてらしく、驚いている。燈子は買ってきた食材を置き、彼に言った。

「座って。何か飲む？」

「ああ、お構いなく」

間宮は「何か手伝えることがあったら……」と申し出てきたものの、おそらく料理をしたことがないため、気持ちだけもらっておく。

代わりにＤＶＤのコレクションが並ぶ棚を見せると、興味深そうな顔をした。

「気になる作品があったら、好きに観てていいよ」

「ありがとう」

キッチンに戻った燈子は、早速料理を始める。

まずは紫きゃべつを千切りにし、ポリ袋の中で塩とパプリカパウダーを揉《も》み込んだあと、きつく結んでおいた。そして冷蔵庫の残り野菜とトマトを刻み、ベーコンと一緒に炒めて、コンソメで煮る。

スキレットでオリーブオイルとニンニク、アンチョビと鷹の爪を熱し、そこでぶつ切りにした蛸とマッシュルームを煮込む傍ら、メインディッシュの鶏肉を使った料理に取りかかった。

一口大に切り、塩コショウで下味をつけた鶏もも肉をパリッと焼いたあと、皿に取り出しておく。みじん切りにしたエシャロットとマッシュルームを炒め、タイムとドライのタラゴンを加えたところに鶏肉を戻し入れて、シャンパンとチキンスープを注ぎ入れた。

二十分ほど煮込んだあと、生クリームを加えて少し煮詰め、塩コショウで味を調えれば、チキンソテーのシャンパンソースの完成だ。

それから紫きゃべつの水気を絞り、小房に分けて薄皮を剥《む》いたグレープフルーツとオリーブオイル、ビネガーを混ぜる。皿に盛りつけ、生ハムとクルミ、イタリアンパセリを散らして仕上げたサラダをお盆に載せた燈子は、それをダイニングのテーブルに運んで言った。

「できたよ、座って」

ソファから立ち上がった間宮が、ダイニングテーブルを見て目を瞠る。

「すごいな。これを一人で作ったのか？」

「うん。あ、何飲む？　ワインもあるけど、車を運転するならアルコールは駄目だよね」

「燈子がここに俺を泊めてくれて、明日の朝に帰ってもいいなら、いくらでも飲めるが」

さらりとそんなことを言われ、燈子はじんわりと頬を染めながら答える。

「わたしは構わないけど……いいの？　頼人さん、あんな安いベッドじゃ眠れないかも」

「もちろん構わない。君を抱いて眠れば、俺はどこでも確実に安眠だから」

ワインを開け、乾杯する。

チキンソテーのシャンパンソース、蛸ときのこのアヒージョ、紫きゃべつとグレープフルーツのサラダや残り野菜のミネストローネなどが並ぶと、二人掛けの小さなダイニングテーブルはいっぱいになってしまった。

料理を口に運んだ間宮が、驚きの表情でつぶやく。

「……美味《うま》い」

「えっ、ほんと？」

「うん。店で食べるものに、負けないくらいに美味しい。盛りつけや彩りもきれいだし」

お世辞かと思ったが、彼が本当に美味しそうに食べているため、燈子はホッと胸を撫で下ろす。

チキンソテーのソースにバゲットをつけたものを嚥下《えんげ》し、間宮が言った。

「燈子がこんなに料理が上手だとは思わなかった。いつも作ってるのか？」

「うん、朝と夜は必ず。実はわたしの実家、洋食屋さんなの。父にいろいろ教えてもらっているうちに料理が好きになって、今はなるべく自炊してる」

燈子の両親は、千駄木《せんだぎ》で二十年ほど前から洋食屋を営んでいる。

フランス料理のスペシャリテの他、ハンバーグやスパゲティ、カツレツなどの昔懐かしい料理を出す、地元では人気の店だ。

間宮に「店の名前は？」と聞かれた燈子は、笑って答えた。

「〝belle lumière《ベルルミエール》〟。美しい光っていう意味なんだって。娘の名前から取ったって、父が言ってた」

「そうか。燈子の〝燈〟は、光とか灯《ともしび》っていう意味だもんな」

和やかに食事をしたあと、キッチンの片づけを終え、彼が途中だったＤＶＤの続きを再生する。

ソファで二人で映画を観るのは、とても楽しいひとときだった。こうして身の丈に合ったもてなししかできないが、周囲に気を使わずゆったりとした時間を過ごせるのだから、たまには自宅もいいと思う。

（頼人さんはどうなんだろ。やっぱり贅沢に慣れてる人だし、うちみたいな狭いところで過ごすのは窮屈かな……）

そう考えながら隣を見ると、ちょうどこちらに視線を向けた間宮と目が合う。

心臓がドキリと跳ね、思わず動きを止めると、彼がふと微笑んで腕を伸ばしてきた。

「ぁ、……」

間宮が指の関節で燈子の頬を撫でつつ、笑って言う。

「頬が赤い。酔ってる？」

「えっと……ワインを飲んだから、少し」

どぎまぎして答える燈子を見つめ、彼がささやいた。

「実はさっきから、全然映画に集中できてなかった。隣に君がいると思うと、触れたい気持ちが募って」

「……っ」

「今日は思いがけず自宅に招待されて、手料理もご馳走になった。燈子のプライベートなスペースに入れてもらえたことで、気持ちが浮き立っているのかもしれない」

間宮の照れたような表情を目の当たりにした燈子は、先ほどから心にあった疑問を口にする。

「頼人さんは、今日みたいな過ごし方は楽しい……？」

「ああ、すごく。新鮮だし、リラックスできていいと思う。ただ、料理を全部君任せにしてしまったのは申し訳ないな。何しろまったく経験がないものだから、かえって邪魔になるかと思うと、手が出せなくて」

「ううん、いいの。わたしがご馳走したかっただけだし、キッチンもあのとおり狭いし。気持ちだけで充分だよ」

心がじんわりと温かくなって、燈子は微笑む。するとそれを見た彼が、身を寄せて口づけてきた。

「……ぁ」

乾いた感触の唇が押し当てられ、すぐに離れる。

そっと目を開けると間近で視線が絡み合い、端整なその顔に胸がきゅうっとした。再び間宮が口づけてきて、濡れた舌が口腔《こうくう》に忍んでくる。ゆるゆると絡め合う動きが少しずつ深さを増し、燈子は喉奥で小さく呻《うめ》いた。

キスをしながら、彼の大きな手が後頭部を引き寄せてくる。その手が髪を掻《か》き混《ま》ぜ、指先でやんわり地肌を刺激してきて、官能的なその触れ方にゾクゾクした。

さんざん貪《むさぼ》って唇を離される頃にはすっかり頬が上気していて、燈子は熱っぽい息を吐く。濡れたこちらの唇を指でなぞりながら、間宮が問いかけてきた。

「……抱きたい。いい？」

「……うん」

すぐ横にあるベッドに移動し、キスをしながら覆い被さってくる彼の身体を受け止める。

シングルサイズのそれは狭く、二人分の重さでかすかに軋《きし》んだ。間宮のスーツのジャケットに触れた燈子は、ふと気づいて言う。

「あ、ジャケット、ハンガーに掛けたほうがいいんじゃ……」

いつもピシッと隙《すき》のない恰好《かっこう》をしている彼に、皺《しわ》になったスーツを着せるわけにはいかない。

するとそれを聞いた彼が笑い、色めいた眼差しで答えた。

「明日の出社前に一度自宅に戻るし、途中で誰に会うわけでもないから、気にしない。それよりこっちに集中してくれないか」

「あ……っ」

どこもかしこも丁寧に触れられ、愛されて、燈子は大切にされている実感を得る。触れ合う素肌の感触やかすかな息遣い、ときおりこちらに向けられる欲情を帯びた眼差しにゾクゾクし、どうしようもなく感じさせられていた。

抱き合うごとに肌が馴染み、間宮のやり方に慣らされて、快感が増している気がする。普段はきっちりとして涼やかな雰囲気の彼が、このときだけは男っぽい色気を見せるところに、燈子は毎回ドキドキしていた。

充分に性感を高めたあと、彼が体内に押し入ってきて、燈子は高い声を上げた。

「……っ……頼人、さん……」

巧みな抱き方に翻弄《ほんろう》され、乱される。

しがみつくとより強い力で抱き返されて、心がじんとした。やがて熱に浮かされたようなひとときが終わり、息を乱した燈子は、ぐったりとシーツに沈み込む。

疲労のあまり眠気をおぼえていると、こちらの身体を抱き寄せてベッドに横たわった間宮が、ボソリと言った。

「……やっぱり狭いな」

思わずといった様子のつぶやきを耳にした燈子は目を見開き、すぐに噴き出す。

確かにこうして身体をくっつけていないと床に落ちてしまいそうで、彼はひどく窮屈そうだ。燈子は笑って言った。

「だから言ったでしょ、シングルのベッドは狭いって。わたしはソファで寝るから、頼人さんは一人でここを使って」

「いや、いい。正直言うとかなり窮屈だが、こうして君と密着して寝られると思えば、悪くない」

自分のベッドの中に間宮がいるのは、何だか不思議な感じだ。

だがプライベートな部分に入れたことでより親密になれた気がして、燈子は甘ったるい気持ちで目の前の彼に抱きつき、その胸に頬をすり寄せる。

すると間宮が、こちらの髪を撫でてつぶやいた。

「そういう可愛いことをされると、また触れたくなるよ」

「わたしも頼人さんに触られたいから、いいよ」

クスクス笑って答えると、彼が再び押し倒してくる。そして燈子を見下ろし、熱のこもった眼差しで告げた。

「……好きだ」

その声音は真摯な響きで、嘘を言っているようには見えない。

暫定的な恋人になってから半月、驚くほどのスピードで間宮に心惹かれている。それを自覚しながら、燈子は小さく答えた。

「わたしも、好き……」

覆い被さってきた重みと体温、その匂いを、いとおしく感じる。燈子は目を閉じてキスを受け入れ、彼がもたらす快楽に身を委《ゆだ》ねた。

第五章

週末の土曜日、外は朝から雨が降っていて、空にはどんよりと重い雲が立ち込めている。

ここ最近は天気がよく、暖かい日が続いていたが、今日はぐんと気温が下がって肌寒さを感じるくらいだ。朝の十時、ダークスーツに身を包んだ間宮は、車を運転して目的地に向かう。

助手席には、白を基調に作ってもらった花束があった。

(去年も一昨年も、そして三年前も、この日は雨が降っていたな。……まるで誰かがそう仕組んでいるみたいに)

今日は仕事が休みだが、あえて燈子に連絡していない。

理由は、一抹の後ろめたさがあるからだ。彼女に対しても、そしてこれから行く場所に眠る相手に対しても、どちらにも不誠実な感じがしている。

(本当は、燈子に全部話すべきなのかもしれない。俺が今好きなのは彼女で、心から大切にしたいと思ってるんだから。……でも)

話すことによって、燈子に誤解されるのが怖い。

彼女に対する自分の気持ちにはまったく濁りがないと思っているが、きっかけとなった事情が話をややこしくしている。

交際するようになって以降、燈子の口から出会ったときの話題が出たことは一度もなかった。だが自分たちが知り合ったきっかけが〝人違い〟だったのは彼女も記憶にあるはずで、何かの機会に蒸し返される可能性は充分ある。

ため息をついた間宮は、運転に集中する。自宅マンションから車を走らせること一時間余り、小平《こだいら》霊園に到着して車を降りた。

霊園内には欅《けやき》や桜などたくさんの木々が植えられていて、緑豊かだ。幹は雨を受けて色を濃くし、葉先から重たげに雨の雫《しずく》を落としている。道にいくつもある水たまりの中、雨粒がいくつも波紋を広げていた。

傘を差し、花束を手に歩き出した間宮は、やがて一つの墓石の前で足を止める。黒光りするその表面には、〝相沢家之墓〟という文字が刻まれていた。

「――……」

しばらく墓石をじっと見つめた間宮は、花束の梱包を解き、銀色の花立に入れる。線香も供えたかったが雨のために火を点けることができず、心の中で呼びかけた。

(もしかしたら君は、今日俺がここに来ることを望んでなかったかもしれない。それとも「裏切者だ」って、恨《うら》みに思ってるかな。……他の女性に心を移したんだから)

三年という月日が長いのか短いのか、間宮にはわからない。

少なくともつい最近まで、誰かを愛することは二度とないと考えていた。だが燈子と出会い、彼女に強く心惹かれて、自分から猛烈なアプローチをして交際にこぎつけた。

それを光里が「裏切りだ」と考えるのは、当然だと思う。間宮は墓石を見つめ、彼女に詫《わ》びた。

(ごめん。ずっと君を想い続けることができなかった俺を、許してほしい。決して忘れたわけじゃないし、どうでもよくなったわけでもない。でも燈子に出会って心惹かれて、彼女を大切に思ってるのは確かだ)

こうして言い訳をするのも、本当はおこがましいのだろうか。

そもそも「許されたい」と思うこと自体が、傲慢《ごうまん》なのかもしれない。間宮がそんなふうに考えていると、ふと通路のほうに人の気配を感じる。

視線を向けたところ、そこには六十代の男女がいた。細身の女性は間宮を見るなり喜色を浮かべ、こちらに歩み寄って言う。

「まあ、頼人さん。今年もちゃんと来てくださったのね」

「……ご無沙汰しております、相沢さん」

二人に鉢合わせしてしまったことで、間宮の気持ちが少し重くなる。

そんなこちらをよそに、彼女は墓石を見やりながらうれしそうに言った。

「この子もきっと喜んでおりますわ。頼人さんに会えてよかったわねえ、光里」

女性の隣の男性が、間宮を見つめて口を開く。

「久しぶりだね、間宮くん。仕事は順調かな」

「はい、お陰さまで。現在は新たなプロジェクトに着手しています」

「ほう」

彼らは相沢光里の、両親だ。

大きな製薬会社を営んでいる資産家で、財界のパーティーなどでときおり顔を合わせる。

しばらくそのまま世間話をしたが、間宮はひどく落ち着かなかった。これまでは大切な人を失った痛みを分かち合える相手だったはずなのに、今はいたたまれなさばかりが募り、彼らの目を見られない。

だが久しぶりに顔を合わせてうれしいのか、相沢夫人がはしゃいだ様子で言った。

「頼人さん、これから昼食をご一緒にいかが？　久しぶりにあなたの口からあの子のお話を聞きたいわ。ああ、どうせならうちに来ていただくのもいいわね。光里の写真を見ながら、お話を……」

「いえ。大変申し訳ありませんが、これから所用がありますので」

本当は何の予定もないのにそう言い訳すると、夫人が鼻白んだように口をつぐむ。

すると相沢が、妻に向かってたしなめる口調で言った。

「よしなさい。間宮くんは多忙なんだ、そんなふうに我儘《わがまま》を言っては迷惑だろう」

「あら、我儘なんかじゃありませんわ。私はただ、そうすれば光里も喜ぶんじゃないかって……」

夫人はそこで言葉を途切れさせ、ふと顔をこわばらせて間宮を見る。

「頼人さん、あなたもしかして、他にいい人がいらっしゃるの？　だからそんなに素っ気ない態度を取るのかしら」

間宮の心臓が、嫌なふうに跳ねる。

何とか顔色を変えずに済んだものの、答えがないのを是ととらえたのか、相沢夫人はみるみる激昂《げっこう》して言った。

「ひどいわ、そんなの。光里に申し訳ないとお思いにならないの？　あの子はね、あなたと結婚するのを心待ちにしていたんです。でも一番幸せなときにあんなことになってしまって、きっと無念で仕方なかったはずだわ。自分が死んでたった三年で頼人さんが心変わりしたと知ったら、あの子がどんな気持ちになるか想像したことがあって？」

「英恵《はなえ》、やめなさい！」

相沢が妻の肩をつかみ、語気を強めて言う。

「私たちに、間宮くんの行動を縛る権利はない。彼はまだ若いし、しかも光里と入籍していたわけではないんだ。むしろ幸せを祈ってしかるべき立場だろう」

「そんな……あの子がかわいそうです。だってまだ三年ですよ？　私たちは、いまだに光里の死を受け入れられてないのに」

夫人が泣きそうに顔を歪《ゆが》め、間宮はそれを正視できずに視線をそらす。

相沢がこちらを見て言った。

「間宮くん、妻の言うことは気にしなくていい。君には君の人生があるのだから、光里を忘れて新しい幸せを手に入れることを考えてもいいんだ」

「あなた……っ」

信じられないという顔で何か言おうとする夫人を抑え、彼が言葉を続けた。

「もう行ってくれ。今後こうして墓前に参ることは、君の気持ちに任せる。来ても来なくても報告は不要だ。どうか義理に縛られず、思うように生きてほしい。——おそらくそれが、光里の願いだから」

「………」

間宮は答えられず、足元の水たまりに広がる波紋を見つめる。

しとしとと降り続く雨の音が、辺りに響いていた。傘の表面を水滴がつうっと滑り、端から零《こぼ》れ落《お》ちていく。

しばらく押し黙っていた間宮は、やがて二人に対して頭を下げ、静かに告げた。

「——失礼いたします」

「待ってちょうだい、頼人さん……っ」

なおも口を開きかける妻を、相沢が小声で叱《しか》りつけているのが聞こえる。

そんな彼らを背に駐車場に向かって歩きながら、間宮は重苦しい気持ちを押し殺した。

(あの二人に、はっきり言うべきだったんだろうか。……もう俺には、他に好きな女性がいるって)

だが口に出しても、二人を傷つけるだけだ。

彼らの中には、娘を亡くした痛みがまだ生々しく残っている。ああしてこちらを気遣ってくれた相沢ですら、間宮が他の女性と交際している事実を知れば手放しでは喜べないに違いない。

（俺と燈子の関係は、許されないものなのか？　確かに恋人を亡くした人間が、その相手を忘れずにずっと想い続けるのは美談だ。……でも）

三年の月日が経って他の人間に心を動かした場合、それは責められることだろうか。燈子への気持ちと光里への罪悪感がない交ぜになり、間宮の胸が苦しくなる。決して彼女を忘れたわけではないし、大切なことに変わりはない。

だが今生きて目の前にいてくれる燈子をいとおしく思っているのも確かで、かけがえのない存在だと感じる。

考えても、答えは出なかった。自分の車に乗り込んだ間宮は、雨の雫でいっぱいのフロントガラスを無言で見つめる。そしてエンジンをかけず、しばらくそのまま物思いに沈み続けていた。

＊　＊　＊

ゴールデンウィーク明けはしばらくパッとしない天気だったものの、第三週に入ってからは快晴が続いている。今日の気温は二十七度まで上がり、夏を思わせる陽気に、外から帰ってきた社員が汗をかいていた。

水曜の昼前、電話でマスコミの対応をしていた燈子は、話を終えて受話器を置く。時計を見ると午前十一時半で、「昼休みの前にメールの返信をしよう」と考えていたところ、背後から「奥野ー」と声をかけられる。

「あ、中谷さん」

「これ、福島土産のくるみゆべし。玉羊羹《たまようかん》もあるよ」

「ありがとうございます」

彼女と小野寺、そして木内は、一泊二日の劇場視察から昨日帰ってきたばかりだ。燈子にお土産を渡した中谷は、物言いたげな顔でこちらを見つめている。燈子は不思議に思って問いかけた。

「どうかしました？」

「奥野ー、聞いたよ？　あんた、ああいうのが好みだったんだねー。ちょっと意外」

にんまりと笑う彼女が何を言っているのかわからず、燈子はきょとんとする。

だがふいに「もしかすると、小向から間宮のことを聞いたのかもしれない」と思い至り、慌てて答えた。

「えっと、あれは……」

「木内くんとつきあってるんでしょ？　出張中に、居酒屋で飲みながら聞いてびっくりしちゃった。確かにあんたには男っ気がなかったけど、そうくるかーって」

燈子は驚き、口をつぐむ。

中谷が何を言っているのか、まったく意味がわからなかった。だが誤解を解かなくてはならないと考え、彼女に向かって問いかける。

「あの、その話って一体誰が言ってるんですか？　わたしは木内さんの指導係ですけど、それ以上のことは何もないですし、プライベートでも会ってないです」

「えー、木内くん本人が言ってたよ？　彼、お酒弱くてさ、私と小野寺が気づいたときにはもうベロベロになってて、あの入社挨拶のときみたいな映画談議を始めちゃったの。まあそれはいいんだけど、饒舌になった彼がついでに言ってたよ、『俺と奥野さん、つきあってるんで』って」

あまりに荒唐無稽《こうとうむけい》な話に、燈子は言葉を失う。

木内とは会社以外で接点はなく、恋愛関係ではない。彼から好意を示された記憶も一切なく、いきなりなぜそんなことを言いだしたのか理解できなかった。

燈子は引《ひ》き攣《つ》った顔で言った。

「それって冗談じゃないですか？　木内さんなりの」

「すっごくガチな雰囲気だったよ。『奥野さんは会社でも常に俺を見つめてきて、愛情表現がすごい』とか、『俺の世話を焼きたがって困る』とか。私も小野寺もびっくりして、『へえ……』しか言えなかったんだけど」

そこで中谷は言葉を区切り、怪訝《けげん》な顔でつぶやいた。

「あんたがそういう言い方をするってことは、もしかしてつきあってる事実はないの？」

「ないです。わたし、他に彼氏がいますから」

勢いで間宮を〝彼氏〟と言ってしまい、じんわりと頬に朱が差す。

それを聞いた彼女が、眉をひそめて言った。

「だったら木内くんが嘘を言ってるってこと？　冗談って感じじゃなかったから、もしかしたら社内で信じてる人が他にいるかもよ」

「えっ……」

燈子はすっかり混乱していた。

木内がどういうつもりでそんな発言をしたのかはわからないものの、事実ではないため看過できない。元々社内恋愛がご法度ではない会社だが、他の社員たちに「二人はつきあってるんだ」という目で見られるのは、どうしても嫌だった。

(何なのよ、もう。しかもわたしがいないところで、そんなことを言うなんて)

木内は他の社員の仕事に同行しており、今は事務所内にいない。燈子は語気を強くし、中谷に言った。

「一体どういうつもりでそんなことを言ったのか、木内さんに話を聞いてみます。勝手につきあってることにされるなんて、すっごく迷惑ですし」

「うん、そうしなよ。でも逆上するタイプだったらヤバいから、大声を出したら誰かが来てくれるようなところで話したほうがいいんじゃない？」

「そうですね」

彼女は「もし話が大きくなるようなら、自分と小野寺で木内の発言は一方的なものだと証言する」と言ってくれ、燈子は礼を言う。

去っていく中谷の背を見送り、ムカムカした気持ちを押し殺した。

(木内さんが帰ってきたら、話をしなきゃ。あの人、一体何時に戻ってくるんだろ)

腹立たしいことこの上ないが、仕事はしなくてはならない。

その後、燈子はメールの返信をしたり、海外の映画監督のプロフィールを調べたり、プレスリリース用の原稿を作ったりと仕事をこなす。

やがて午後五時少し前、他の男性社員に同行していた木内が戻ってきて、燈子は席を立って彼に声をかけた。

「木内さん、ちょっといい？」

「はい」

少し離れた席から、中谷が興味津々の眼差しでこちらを見ているのがわかる。

それを横目に燈子は木内を伴って事務所を出ると、廊下の奥に進んだ。そして非常階段の手前で足を止め、振り返って口を開く。

「今日は森山《もりやま》さんと一緒だったっけ。どうだった？」

「映画館のチラシ納品と、前売り券の手配に行ってきました。車で何箇所も回ったので、かなり疲れました」

「そう」

互いの間に、沈黙が満ちる。

燈子は小さく咳払いし、ぎこちなく話を切り出した。

「えっと、木内さんに聞きたいことがあるんだけど」

「はい」

「今日中谷さんと話してて、気になることを聞いたの。木内さん、出張のときに『奥野さんとつきあってる』って発言してたみたいだけど、一体どういうこと？」

燈子の質問を聞いた彼は、かすかに眉を上げてつぶやく。

「……ああ、それですか」

木内は小さく息をついて口を開いた。

「出張先であの二人と飲んだとき、小野寺さんに『木内は彼女いるの』って聞かれたんです。だから答えました」

「〝だから〟って……わたしと木内さん、つきあってないよね？　何で事実でもないことを話すの？」

燈子の問いかけに、彼はさらりと答えた。

「——だって奥野さん、俺のこと好きじゃないですか」

「えっ？」

「俺がここに入ったときから、ずっと話しかけてきますよね。いろいろ構ってくるし、だからわかったんです、俺のことが好きなんだって」

意外な言葉に、燈子は唖然として木内を見つめる。

あまりに突飛すぎる考えに、ついていけない。そう思いつつ、しどろもどろに言う。

「ずっと話しかけてくるって言うけど、それはわたしがあなたの指導係だからだよ。〝いろいろ構ってくる〟っていうのは、どういう点で？　仕事以外で、木内さんに構ったことなんてないよね？」

「昼休みに一緒に過ごして、飯を食ってるじゃないですか」

「それはそっちが……っ」

木内が毎日しつこく来るから、仕方なく一緒に過ごしていただけだ。

そんな燈子の主張を尻目に、彼が薄く笑って言葉を続ける。

「奥野さんの顔は別に嫌いじゃないから、俺は受け入れることにしてあげたんです。でも、放っておくとおかしな男が寄ってくるかもしれないので、周囲に俺たちがつきあってるっていう事実をちゃんと言っておくべきだと思いました。だから出張のときに、小野寺さんと中谷さんに話したんです」

独り善がりなその発言に、燈子は眩暈《めまい》をおぼえる。

この話の通じなさは、一体何なのだろう。自分の中で勝手に話を組み立て、そこにこちらの意思はまったく反映されていない。それなのにあたかも事実であるかのように吹聴する木内に、燈子はうすら寒さを感じる。

自分より頭半分ほど背が高い彼を見つめ、燈子は言った。

「これまで話をしていたのは、単に指導の一環だよ。はっきり言わせてもらうけど、わたしと木内さんにつきあってる事実はない。あなたには、普通の同僚以上の気持ちを抱いていないから」

「…………」

「今後嘘を言いふらすのは、一切やめて。周りにおかしな誤解をされたくないし、こういうことをされれば仕事にも差し支えるから、すっごく迷惑」

木内は黙ったまま、答えない。

だが自分の意思をしっかり伝えられたのだから、これ以上彼を追い詰めるのは酷だ。そう考えた燈子は、小さく息をついて言った。

「言いたいのは、それだけ。……じゃあ」

木内の脇をすり抜け、燈子は廊下を歩いて事務所に戻る。

彼があんなにもエキセントリックな性格だと知って、正直頭が痛かった。今後も指導係として接するのを考えると気持ちが重くなるが、他の人に任せるのも気が引ける。

(少しずつ距離を置いていくしかないのかな。今日みたいに他の社員に同行することもあるし、自然と接する時間が少なくなっていけばいいけど)

他に交際相手がいる身であらぬ噂《うわさ》を立てられるのは、地味にストレスだ。

間宮の顔を思い浮かべた燈子は、わずかに表情を緩める。彼との交際は、順調だ。

先週は自宅マンションに招待し、手料理を作ってのんびり過ごしたが、思いのほかリラックスできたひとときだった。

あれから彼は仕事が忙しく、国内出張もあり、今日は三日ぶりに会う予定でいる。

間宮と過ごす時間を思い浮かべて胸をときめかせ、燈子は面映ゆい気持ちを噛みしめた。

(頼人さんと会うの、すごく楽しみ。今日はどこに行くつもりなんだろ)

根っからの庶民である燈子は、ハイクラスなデートにはさほど興味がない。

このあいだの日曜はドライブデートをし、フランス料理をご馳走になったが、どちらかの家で過ごすのでもまったく構わないと思っている。

(つきあい始めて、もうすぐ一ヵ月。……わたし、二ヵ月でちゃんと決断することができるのかな)

今の自分たちは二ヵ月間の〝お試し交際〟の最中であり、期限がくれば今後も交際を継続するかどうかを判断することになっている。

間宮の素性に腰が引けていた燈子は、彼の熱意に絆《ほだ》されて交際を始めたものの、おそらく断ることになるだろうと予想していた。だが今はその心境に、少し変化が生じている。

(わたしは……あの人が好き。こんなにも急速に心惹かれることになるなんて、初めは全然想像してなかった)

燈子から見た間宮は、とても細やかで優しい男性だ。

仕事が多忙でもこちらへの気遣いを欠かさず、しつこくない頻度で連絡をくれる。どんな店でもスマートにエスコートして優雅な雰囲気を醸し出す一方、二人きりになるとスキンシップが多く、「可愛い」「好きだよ」とささやきながら抱き寄せたり髪にキスをしてきて、燈子はそんな彼にいつもドキドキしていた。

顔立ちは端整で、切れ長の目元と高い鼻梁、薄い唇が絶妙なバランスで並び、シャープな印象の輪郭がそれを引き立てている。すらりとした長身と均整の取れた身体つきはスーツが映《は》えて、道行く人が振り返るほどにスタイリッシュだ。

もしも今すぐに間宮との今後を決断しなければならないとしたら、燈子はきっと別れられないに違いない。だが〝彼と結婚する〟という決断ができるかといえば、それは即答できず、悩みの種だった。

(自分を卑下するつもりはないけど、やっぱり家柄がネックだよね。もし頼人さんが

普通のサラリーマンだったら、何も問題はなかったのに）

小さくため息をついた燈子は、事務所に戻って自分のパソコンに向かう。

今日はもう少し仕事をして、切りのいいところで帰ろうと思っていた。書きかけだったプレスリリース用の原稿を仕上げ、チーム内の回覧に回して一息つく。

事務所内には木内の姿はなく、もしかしたらもう帰ったのかもしれなかった。

（あの人、かなり思い込みが強そうだったけど、大丈夫かな……。言うべきことは言ったし、これ以上おかしな噂を流したりしないなら、今回の件を上に報告するつもりはないけど）

いざとなれば中谷と小野寺が証言してくれると言っていたため、心配する必要はないだろうか。

そんなことを考えながらパソコンの電源を落とし、燈子は立ち上がる。そしてまだ事務所内に残っている社員たちに向かって声をかけた。

「お先に失礼します」

「お疲れさん」

エレベーターを待ちながらスマートフォンを開き、メッセージを確認する。すると間宮から連絡がきていて、「君の会社の前にいるから」と書かれていた。

建物の外に出た燈子は、周囲を見回す。少し離れた路肩にハザードランプを点灯させて停まる車を見つけ、歩み寄って助手席のドアを開けた。

「お待たせしてごめんなさい。迎えに来てくれてありがとう」

「いや」

数日ぶりに会う間宮は相変わらず涼やかな面持ちで、燈子の胸がきゅうっとする。シートベルトを締めながら、燈子は彼に向かって問いかけた。

「出張、お疲れさま。大分まで行ってたんだっけ」

「ああ」

大分の湯布《ゆふ》高原には間宮グループが経営するホテルがあり、その巡視と経営会議に参加するべく出張していたらしい。彼が微笑んで答えた。

「会議もそうだが、実は他社の高級リゾートホテルがオープンして、その偵察を兼ねて行ってたんだ。一泊してきたけど、なかなかすごかったよ」

「ふうん」

湯布高原は標高七〇〇メートルのところにあり、湯布院《ゆふいん》町を眺めることができる日本屈指のリゾート地だ。特筆するべきは温泉の湧出量で、夏の避暑地としても人気があるという。

そこにできた他社の新しいホテルの話を、燈子は興味深く聞いた。だが話している途中、間宮の顔がどことなく疲れているように見え、ふと口をつぐむ。

話が一段落したタイミングで、燈子は遠慮がちに問いかけた。

「あの、もしかして疲れてる？」

「ん？」

「何となくそんな感じがして」

間宮ホテルリゾートの専務にして、新規プロジェクトの責任者を務める彼は、かなり忙しいようだ。

それなのに自分との時間を捻出《ねんしゅつ》してくれていることに、燈子は罪悪感をおぼえる。

するとそれを聞いた間宮が笑って答えた。

「確かに疲れてるけど、だからこそ燈子に会いにきたんだ。君といると、気持ちが明るくなるから」

「そう？」

そんなふうに思ってくれているのはうれしいが、「疲れているなら、会わずに身体を休めたほうがいいのではないか」という考えも頭をよぎり、いたたまれなくなる。

彼が前を向いて運転しながら言った。

「今日は蕎麦《そば》を食べたいと思ってるんだが、燈子は蕎麦は平気か？」

「平気だけど……」

そこでふと思いつき、燈子は間宮に提案した。

「ね、映画を観に行かない？」

「えっ？」

「頼人さん、前に『映画を観ることが、気分をリフレッシュするための大切な時間だ』って言ってたでしょ？　だったら久しぶりに二人で行けば楽しいんじゃないかって」

幸いまだレイトショーに間に合う時間で、しかもこの近くには自分たちが二度目にニアミスした映画館がある。

燈子は早速スマートフォンを取り出し、上映スケジュールを調べ始めた。そしてフランス人監督のラブストーリーを観ることに決め、映画館に向かう。

「頼人さんと映画を観るの、久しぶりな感じがするね。ここ最近は来てなかったから」

「そうだな」

車を駐車場に入れ、エレベーターで三階に向かう。

発券手続きを終え、ドリンクを買って入場すると、客入りはそこそこだった。まもなく会場内が暗くなり、予告編の終了後に映画が始まる。

今回の作品はパラレルワールドもので、ある日主人公が目覚めると別の世界に迷い込んでいて、そこでの妻との関係の変化を主軸に描かれている。

途中、二人の気持ちのすれ違いにハラハラしたり、心の機微を描く繊細なディティールに深く感じ入ったり、飽きることなくストーリーに集中し、燈子は感極まって涙ぐんだ。

隣に視線を向けると、真剣な表情でスクリーンを見つめていた間宮がこちらに気づき、ふと眦《まなじり》を緩める。彼は無言で腕を伸ばし、肘掛けの上で燈子の手をぎゅっと握りしめてきた。

「――……」

意外な行動にびっくりしたものの、その手の大きさとぬくもりに、心がじんと温かくなる。

言葉はなくともこうして気持ちを分かち合える瞬間を、とても得難いものだと感じた。

(……やっぱり、来てよかったな)

そう思いながら、燈子は再びスクリーンに視線を戻す。

やがて物語はフランス人監督らしい意外性のある流れでラストへと向かい、上映が終わる。エンドロールまでしっかり見終えた燈子は、明るくなり始めた会場でほうっとため息をついた。

「すっごくよかった。この映画は当たりだったね」

「ラウンジに移動するか？　感想を語るのと、食事を兼ねて」

「うん」

エスカレーターでひとつ下の階に下りたあと、連絡通路を通ってメインタワーに向かう。

そこからエレベーターに乗り込み、最上階である三十九階のラウンジを目指すが、それは初めて間宮とゆっくり話をしたときのルートと同じで、少し感慨深い気持ちになった。

（あれは確か四月の初旬だったから、まだ一ヵ月半くらいしか経ってないんだ。もっと前のような気がして、何だか不思議）

あのときは突然ラウンジに誘われ、おっかなびっくり彼についていった。

「確か途中で頼人さんの携帯に電話がきて、それで断れなかったんだっけ」と考えていた燈子だったが、まさに同じタイミングで間宮のスマートフォンが鳴り、ドキリとする。

「……っ」

「ああ、電話だ」

そうつぶやいた彼が胸ポケットからスマートフォンを取り出し、ディスプレイを見る。

そして一瞬怪訝な顔をしたものの、指を滑らせて電話に出た。

「はい、間宮です。……相沢さん？」

こうしてかかってくるのは、おそらく仕事の電話に違いない。

そう思った燈子は、上昇するエレベーターの中、なるべく会話を聞かないように意識しながら目の前のパネルを見つめる。

だが狭い箱の中に一緒にいるために、まったく聞かずにいるのは難しい。燈子の横に立つ間宮が話している内容が、おのずと耳に入ってきた。

「なぜわざわざ非通知で……ええ、それは大変申し訳なく思いますが、会議の最中は電話に出ることができません。会社にいるときは頻繁に打ち合わせ等がありまして、すぐに折り返すことも難しいので」

電話の相手は女性なのか、少し高い声が漏れ聞こえてくる。

しかし何を話しているかまでは聞き取れず、燈子は足元に気まずく視線を落とした。

そんなこちらをよそに、間宮は話を続ける。

「先日もお話ししましたが、こちらのプライベートを逐一報告するつもりはありません。誤解していただきたくないのですが、だからといってもう過去のことにしてしまったとか、おざなりにするつもりは毛頭なく、僕にできる範囲で関わっていきたいと考えています」

電話の相手が高い声で何か言っていて、彼はそれを黙って聞いている。

だが結局折り合うことができなかったのか、やがて間宮が口を開いた。

「すみません、今は人と会っておりますので。——失礼いたします」

彼が通話を切り、ふうと息をつく。

どことなく疲れているその様子、そして図らずも会話を聞いてしまったことで、燈子は気まずい気持ちになっていた。エレベーターの中にしばし沈黙が満ちたものの、それを払拭するように間宮が言う。

「ごめん、一緒にいるのに気を使わせてしまって」

「あ、ううん」

「忙しくて電話を折り返せなかったことで、相手が不快になってしまったみたいだ。感情で訴えられると、ちょっと疲れるな」

電話の相手は、一体どういう関係の人なのだろう。

燈子はそう思ったものの、踏み込みすぎな気がして聞くことができない。そうするうちにエレベーターが最上階に到着し、箱の上昇が止まってドアが開いた。

バーエリアではDJパフォーマンスが行われていて、光の演出と音楽が華やかだった。外国人の客の姿もちらほら見え、その中を窓際の席に案内された燈子は、地上一四〇メートルからの夜景にため息を漏らす。

「……前に来たときも思ったけど、やっぱりきれい」

「何を飲む？」

「あ、ワインにしようかな」

ワインと料理を頼み、乾杯する。そして先ほど観た映画の感想を話し合った。

「フランスらしいエスプリが効いた映画だったな。友人のアンディが良い味を出してた」

「コメディ的な要素もあったけど、基本は純愛映画だったよね」

映画を観終わった興奮が冷めやらないうちにこうしてあれこれ話し合うのは、本当に楽しい。

自分でも気づかなかった細かい部分を間宮が拾っていたり、それで気づかされることもあって、いつまでも話が尽きなかった。

話をするうちにどんどん酒が進み、次第に酔いを感じた燈子は酒気を帯びた息をつく。そして「あのね、ちょっと思ったんだけど」と口を開いた。

「普通〝愛する〟っていうと、自分が主体で働きかけるイメージがあるじゃない？あくまでも自分自身の感情がメインっていうか」

「ああ」

「でもそこを突き詰めていくといつしか〝自分〟はどうでもよくなっていって、相手の存在そのものを最大限にリスペクトすることに尽きるのかもしれないって、あの映画を観て思ったの。それこそが、深い意味での〝愛〟なんじゃないかって」

「――――」

それを聞いた瞬間、間宮が目を見開いてこちらを見つめ、燈子は不思議に思って問いかけた。

「どうかした？」

「ああ、……いや」

我に返った彼は視線を泳がせ、歯切れ悪く答える。

「昔……同じようなことを言った人がいたのを、ちょっと思い出して」

一瞬、「それは例の人の発言だろうか」という疑問が頭をかすめたものの、酔いのせいで考えが覚束ない。

結局燈子は何も言えず、「そう」とだけ返した。それからの間宮はどこか気もそぞろな様子で、互いの間に微妙な空気が流れる。

やがてグラスの中に残ったペリエを飲み終えた彼が、話を切り上げて言った。

「そろそろ行こうか」

燈子は「今日は自分が誘ったのだから、ここの支払いを持つ」と主張したものの、それはあっさり拒否された。

「君はそういうのは気にしなくていい。俺は好きな相手をとことん甘やかしてやりたい性質だから、素直に甘えてほしいって前も言ったろう?」

間宮はエレベーターホールまで来たところで、ポツリと言った。

「……このあと俺のマンションに行こうかと思っていたけど、それまで待てないな」

「えっ?」

「ホテルのグレード的には満足できないが、ここで部屋を取ろう」

そう言った彼はフロントがある階のボタンを押す。

エレベーターが下降していくのを感じながら、燈子はじんわりと頬を赤らめた。

（わざわざここで部屋を取るって……千駄ヶ谷《せんだがや》にある頼人さんのマンションまでは車で三十分くらいなのに、それまで待てないってこと？）

確かに会ったのは三日ぶりだが、間宮はそんなにも飢えているのだろうか。

フロントで部屋の状況を確認したところ、ダブルルームに空きがあるらしい。かくして訪れた部屋は、リビングと寝室が一体ではあるものの、テレビ台で上手く区切られたスタイリッシュな部屋だった。

バスルームから夜景が見下ろせるのが売りだというが、燈子は部屋に入るなり背後から間宮に引き寄せられる。

「ん……っ」

抱き寄せられ、唇を塞がれて、喉奥からくぐもった声を漏らす。

〝貪る〟と形容するのがふさわしいその動きには押し殺した欲情が感じられ、燈子は受け止めるので精一杯だった。

「……っ、頼人、さん……」

「燈子――欲しい」

シャワーを浴びることができないままベッドに連れ込まれ、間宮に愛される。

彼の愛撫《あいぶ》は執拗《しつよう》で激しく、熱を孕んだ瞳で見つめられた燈子は、シーツの上で喘ぎながら考えた。

（頼人さん、いつもと様子が違う？　まるでわたしに縋《すが》りつくみたいな……）

ここにいることを実感したいかのように激しく抱かれ、そこに間宮の飢えを感じた燈子は、たまらなくなって彼の身体を抱きしめる。

こうすることで間宮が安心できるなら、いくらでもしてあげたい。自分より年上の男性にこんなことを思ったのは、初めてだった。

「……燈子……」

思いがけない動きだったのか、驚いた顔でこちらを見下ろす彼に対し、燈子はささやいた。

「いいよ──頼人さんがしたいなら、好きなだけして」

「…………」

「わたし、あなたのことが大好きだから」

それを聞いた間宮がぐっと奥歯を噛み、燈子の身体を強く掻き抱いてくる。

痛いほどの力に息を詰まらせると、彼は腕の力を緩め、再び行為を再開した。

「あ……っ」

執拗な愛撫にさんざん喘がされ、体内を穿《うが》つ熱に声を上げる。

激しいが粗暴ではなく、動きの端々でこちらへの気遣いを忘れない間宮がいとおしくて、男らしいその身体にしがみついた。どんな動きをされても快感しかなく、愛を確かめ合う行為に没頭する。

やがて立て続けに二度も抱かれて疲れ果てた燈子は、束の間眠りに落ちていたらしい。ふと目が覚めると、裸の間宮の腕の中にいた。

(……あ)

瞼を閉じた彼は規則正しい寝息を立てており、珍しいその光景に燈子は驚きをおぼえる。

これまで間宮が寝顔を見せたことは一度もなく、一緒に眠ることがあっても大抵彼のほうが先に起きていた。

聞けば間宮は元々睡眠時間が短く、いつも四、五時間程度しか寝ないという。一方の燈子のほうは寝るのが大好きで、休みの日は昼まで起きないくらいだ。

たぶん今しか、ゆっくり彼の寝顔は見られない――そう考えた燈子は、チャンスとばかりに目の前の彼をしげしげと観察した。

（頼人さん、こんなに間近で見ても恰好いいなんて、本当に顔が整ってるんだな。髪が崩れてることで色っぽさが増してるし、こんな人がわたしとつきあってるだなんて信じられない）

映画という共通の趣味はあれど、一会社員である燈子と大企業の御曹司である間宮は、本来まったく接点がないはずだ。

それなのに彼のほうから熱烈にアプローチされ、一度は断ったのに「お試しでもいいから」とごり押しされて、今こうしている。

（今日はいつもと少し様子が違ったけど、嫌じゃなかった。「求められてるんだ」って強く感じたし、気遣ってくれてるのも伝わってきて）

こんなにも自分を想ってくれる存在は、この先現れないのではないか。

だったら意地を張らず、間宮の愛情を信じてその気持ちを受け入れてもいいのかもしれない。燈子の心は今、そんな方向に傾きつつあった。

（もちろん家柄に尻込みする気持ちはまだあるし、「自分でいいのか」っていう思いも払拭できてない。でも、頼人さんがわたしを望んでくれるなら、前向きに考える価値は充分ある気がする）

少しずつ気持ちが高揚し、燈子は彼の寝顔を見つめる。

自分の考えを間宮に話したら、一体どんな顔をするだろう。〝お試し〟ではない本当の恋人になると言ったら、喜んでくれるだろうか。

そんなふうに思って胸を高鳴らせていると、ふいに彼の瞼がピクリと動く。一瞬起きたのかと思ったが、かすかに眉を寄せるその様子は苦悶《くもん》しているようにも見え、燈子は戸惑いをおぼえた。

(もしかして、うなされてる？　起こしたほうがいいかな)

だが多忙を極める間宮がせっかく眠っていることを思うと、躊躇いがこみ上げる。

そんなことを考えて悶々としているうち、彼の唇がかすかに動いた。

「……り……」

何か言葉を発したが聞き取れず、燈子は間宮の顔を見つめた。すると彼は眉を寄せ、わずかに身じろぎしながらつぶやく。

「光里……」

「──」

突然発せられた名前に、燈子は驚いて目を見開いた。

ひかり──という名前には、聞き覚えがあった。燈子の脳裏に、出会ったときのことがよみがえる。

(そうだ……頼人さん、誰かとわたしを間違えて声をかけてきたときに口にしていたのが、確か〝光里〟って名前だったはず)

間宮とつきあい始めてからというもの、何度も心の中で引っかかっていた人物だった。

気になって仕方がなく、常に頭の片隅にあった名前だが、踏み込みすぎることに遠慮があり、燈子は詳細を問い質せないまま今に至っていた。

(もしかして、今夜「同じようなことを言った人がいた」って話してたのも、その人のことかな。一体どこまでわたしと被ってるの)

間宮との間で〝光里〟の名前が出たことは、これまで一度もない。

しかし出会ったときの切実な眼差しからすると、とても思い入れのある人物と見て間違いない気がする。

そんな女性の名前を、今彼が口にした――その意味について、燈子は考える。

(最初に見間違えたってことは、わたしとその人はきっとすごく似てるんだよね。そういう前提がある上で、頼人さんはわたしに交際を申し込んだ……)

つまり自分は、〝光里〟の身代わりだったのではないだろうか。

何らかの事情で別れてしまったか、もしくは叶《かな》わぬ想いを抱いていた相手にそっくりな燈子を、間宮はあえて恋人にした。

そう思い至った途端、心がぎゅっと強く締めつけられた。

(もしかしたら頼人さんは、わたし本人のことはそんなに好きじゃないのかな。光里さんによく似ているのが重要で、それで――)

間宮から直接事情を聞いたわけではないため、この考えは憶測にすぎない。

しかし当たらずとも遠からずな気がして、燈子は顔を歪める。これまで築いてきた信頼と愛情、その両方が裏切られた事実に、心がどんどん冷えていくのを感じた。

そのとき間宮が目を覚まし、緩慢なしぐさでこちらを見た。

「ああ、ごめん。……寝てた」

「…………」

「燈子?」

燈子は無言で起き上がり、ベッドの下に落ちていた衣服を拾う。

そして彼に背を向け、その顔を見ないようにしながら告げた。

「わたし、帰らなきゃいけないから、シャワーを浴びてくる」

「こんな時間にか？　明日の朝、仕事に間に合うように送っていくから、泊まっていこう」

これまでも幾度となくそうしたことがあったため、間宮の発言は当然だったが、燈子は頑《かたく》なに言い張る。

「急ぎの仕事があるの。今夜中にまとめなきゃいけないのを思い出したから、タクシーで帰る」

「君を一人では帰せない。だったら俺も出よう」

気持ちがひどく落ち込み、気だるい疲れが身体を満たしていた。燈子はシャワーを浴び、情事の余韻を洗い流して身支度をする。

それからホテルを出たものの、深夜一時半の首都高速道路は昼間に比べてだいぶ空いていた。彼に車で送ってもらうあいだ、燈子はずっと窓の外を眺めてほとんど喋らなかった。

口を開けば責める言葉を発してしまいそうで、そうしないためには顔を見ないようにするしかなく、重苦しい気持ちが心を満たす。

やがて間宮の車が自宅マンションの前に到着し、緩やかに停車した。シートベルトを外した燈子は、伏し目がちに言った。

「送ってくれてありがとう。――じゃあ」

「待ってくれ。さっきから態度がおかしいけど、一体どうしたんだ？　もし俺が何か気に障ることをしたなら、言ってほしい」

腕をつかんで引き留められ、顔を上げた燈子は間宮の顔を正面から見つめる。

彼の瞳に濁りはなく、とても真摯な色を浮かべているように見えた。たぶん今までの燈子なら、こんな表情をする間宮を疑うことなく信じていたに違いない。

だがたった一言、彼の無意識下のつぶやきを聞いただけで、どうしようもなく疑心暗鬼になってしまっている。

それは知り合って二ヵ月という期間の短さでは、到底埋めることができないものだった。

やりきれない気持ちが心を満たすのを感じながら、燈子は小さく息をつく。そして間宮に向かって告げた。

「そうやって、いかにも誠実そうな顔をしながら……頼人さんはわたしに、本当のことを何も話してくれないんだね」

「えっ？」

思いがけないことを言われた表情で、彼が目を見開く。燈子は言葉を続けた。

「それで『本当の恋人になってほしい』とか『必ず守る』って言われても、信じられないよ。だって頼人さんは……わたしを見てないのに」

間宮が顔色を変え、何かを言いかける。それを聞かず、燈子は車のドアを開けて言った。

「送ってくれてありがとう。気をつけて帰ってね、――おやすみなさい」

第六章

ホテルの開業に際し、重要となるのがシステム構築だ。

昨今はすべての部門や業務においてコンピューターシステムが使われており、各部署と繋がっていることが多い。基幹となるのはＰＭＳと呼ばれる宿泊部門の業務を処理するシステムで、ここから関係各所への連携が行われていくことになる。

金曜の午前、間宮はＩＴメーカーとの会議に出席していた。

「ホテル内のオペレーションでは、以下のシステムが必要になります。財務会計、人事管理、エレベーター管理、客室キーシステム、レベニューマネジメントシステム……」

担当者の説明を聞いていた間宮は、質疑応答で質問する。

「空調システムについてだが、もう少しコストを抑えられないか？　高額になるのはあらかじめわかっているが、だいぶ予算のウエイトを占めているから、スリム化できるところはしていきたい」

「はい、詳細をご説明します」

やがて会議が終了し、間宮は自室に戻る。役員室の手前のデスクには秘書の堀田が座って仕事をしていて、彼女に向かって告げた。

「午後一時に出掛けるまで、部屋で仕事をする。何かあったら声をかけてくれ」

「はい」

ドアに手を掛けた間宮は、「ああ、そうだ」とつけ足した。

「もし相沢と名乗る女性から電話が来たら、僕はいないと伝えてほしい。戻る時間はわからないと」

「承知いたしました」

部屋に入り、革張りの椅子に腰を下ろす。

未決裁の書類を順次確認しながら、間宮は憂鬱な気持ちを押し殺した。ここ数日は、あまり眠れていない。理由はいくつかあるが、そのうちのひとつが先週の土曜に会った相沢夫人だった。

(まさか彼女が、こんなにもしつこくなるとはな。……それだけ娘である光里に執着してたってことか)

——先週の土曜日、間宮は小平霊園に墓参りに行った。

そこで相沢夫妻に遭遇し、夫人からふとしたきっかけで「もしかして、他にいい人がいるのか」と聞かれたが、間宮はすぐに答えることができなかった。

返答できない理由を敏感に察知した彼女は、間宮を激しく詰《なじ》ってきた。夫である相沢がその場でたしなめ、「君は思うように生きていい」と間宮に言ってくれたものの、それから夫人の粘着が始まった。

その日の夜に間宮のスマートフォンに電話をかけてきた彼女は、「どうか自宅まで来て、光里の仏前に参ってほしい」と懇願してきた。間宮が多忙を理由に断ると激昂し、「やはりあの子のことはどうでもいいのか」「あまりにも冷酷ではないか」と責め立ててきて、なだめるのに苦労した。

それからというもの、仕事中でも構わずに電話をかけてくるようになり、その頻度はかなりのものになっていた。最初に話して以降、間宮はあえて夫人からの電話に出ないようにしていたが、それがかえってよくなかったらしい。

燈子と一緒にいるときにかかってきたのは非通知だったため、「仕事の電話かもしれない」と思った間宮はつい応答してしまった。すると夫人は「ああ、やっと出てくれた」と言って、言葉を続けた。

『頼人さん、何度もお電話を差し上げて申し訳なく思いますけれど、私はあなたとお話がしたいだけなの。だって私たちが知らない光里を一番よく知っているのは、あなたなんですもの。ね、お会いしてゆっくりお話ししましょう。あなたに後ろ暗いことがないなら、光里の仏前に来られるはずよね？』

間宮は彼女に対し、自分のプライベートを逐一報告する気はないこと、だからといって光里の存在を忘れたつもりは毛頭なく、できる範囲で関わっていきたいことを説明したが、納得はしてもらえなかった。

おそらくこうしてしつこく連絡してくるのは、夫人の独断だ。夫である相沢はまだ分別があるが、彼女は最愛の娘を亡くしたことをいまだに受け入れられず、間宮が別の女性と交際するのに憤り、全力で阻止しようとしている。

（夫人の行動は正直言って迷惑だが、理解できる部分もある。たぶん彼女は、俺が他の女性とつきあうことで、光里を過去にされるのが嫌なんだ。娘の存在が色褪《いろあ》せるのを阻止したいがために、執拗に光里についてアピールしている……）

墓参りの日以降、間宮はあまり眠れなくなった。

光里の母親である夫人から責められたことで、もしかすると自分の心の中にあった罪悪感を強く呼び覚まされたのかもしれない。

（光里は、やっぱり……恨んでいるだろうか。三年で燈子に心を移した俺を）

しかも燈子は、光里に面差しが似ている。

顔以外に共通点はなく、その内面を知った間宮が二人を重ねて見ることはないが、興味を持ったきっかけが光里に似ていたことなのは否定できない。その事実は双方に対して失礼な気がして、間宮の中で次第に重い枷《かせ》になっていた。

度重なる相沢夫人からの電話、そして不眠で気持ちが落ち込んでいるのは、どうやら表に出ていたらしい。数日ぶりに会った燈子はそれを敏感に感じ取り、間宮を映画に誘ってきた。

結果として映画は、とてもいい気分転換になった。彼女と忌憚《きたん》のない感想を言い合うのは楽しく、そうやってリラックスさせてくれることに感謝の念がこみ上げた。

数日ぶりに会うと触れたい気持ちを抑えるのが難しく、ラウンジを出た間宮は燈子をそのままホテルに連れ込んだ。

自分の中の鬱屈を発散させるかのようについ執拗に抱いてしまったが、彼女はそんな間宮を受け止め、「いいよ、頼人さんがしたいなら、好きなだけして」「わたし、あなたのことが大好きだから」と言い、言葉にできないほどのいとおしさを感じた。

そうして満足できるまで燈子を抱いたあと、連日の寝不足が祟《たた》ったのか、間宮は束の間眠りに落ちていたらしい。

目を覚ますと彼女がこちらを見ていて、深夜の一時であるにもかかわらず「帰る」

と言い出した。その態度はどこか頑なで、帰りの車の中でも口数が少なく、間宮にはまったく意味がわからなかった。

抱き合ったときには心が通じ合い、より親密になれたと思ったのに、この変わりようは一体何だろう。

気づかぬうちに何か失言したのかと思い、「もしそうなら教えてほしい」と食い下がったが、燈子の返答は思いもよらないものだった。

『そうやって、いかにも誠実そうな顔をしながら……頼人さんはわたしに、本当のことを何も話してくれないんだね』

『それで「本当の恋人になってほしい」とか「必ず守る」って言われても、信じられないよ。だって頼人さんは……わたしを見てないのに』

その言葉を聞いたとき、間宮は驚きのあまり言葉を失った。

彼女はどういう意味で、そんな言葉を口にしたのだろう。まるでこちらが隠し事をしているのに気づいているかのようで、間宮はひどく動揺した。

結局燈子はそのまま帰ってしまい、一夜が明けた今日は何も連絡がきていない。間宮も連絡ができないまま、今に至っていた。

（もしかして燈子は、何か知っているのか？　でも直前までそんなそぶりを見せていなかったのに、どうして……）

思い当たるのは、情事のあとにうたた寝したことだ。

もしかしたらそのとき自分は、何か口にしたのかもしれない。彼女が疑念を抱くような言葉を――。

（あの口ぶりでは、燈子は俺を信用していないみたいだ。もしそうなら、ちゃんと話をしたいが……）

しかし中途半端な説明で納得するわけがなく、話すならすべてを話さなくてはならない。

それを聞いた燈子は、どう思うだろう。やはり「身代わりにされた」と感じ、憤るのではないか。

（もし事実を知った彼女が、俺を受け入れられなかったら……）

その可能性を想像し、間宮は苦しくなる。

今自分が愛しているのは彼女であり、その気持ちに濁りはない。だが〝光里と顔が似ている〟という事実がネックになるのは間違いなく、恋愛感情を抱くきっかけとなったことを否定できないのが間宮にとって弱みだ。

どういうふうに話をしていいかわからず、間宮は物憂いため息をつく。

（こうして手をこまねいていることで、燈子の心証はますます悪くなる一方だ。でも、どう話したら……）

間の悪いことに、間宮は明日から二泊三日で四国に出張に出掛けなければならない。それが終わって一旦東京に戻ったら、間髪容《い》れずに北海道と山形に二泊三日だ。

そのとき間宮はふと、来週の金曜日にチャリティーガラパーティーがあるのを思い出す。燈子を同伴者として誘っており、当日着るためのドレスや靴などを既に購入済みだ。

たぶんその日なら、パーティーのあとに話ができる。数日あいだを置くことで互いに考える時間があるのも、好都合に思えた。

そう結論づけた間宮は、早速スマートフォンを操作し、燈子に送るメッセージを作成する。明日から立て続けの出張があること、戻るのは来週の木曜であること、金曜日のガラパーティーのあとに話をしたいことを明記し、送信して一息ついた。

（燈子に会うまで、自分の中でどういう風に話をするべきか整理しておかないとな。相沢夫人に関しては、これ以上しつこくされるなら何か手立てを考えないと）

とはいえ、娘を想うあまりに行き過ぎた行動に出ている夫人のことを思うと、胸が痛む。

これ以上エスカレートする前に、どうにか穏便に事を収めたい——そう思いつつ、間宮は頭を切り替える。

そして目の前の決裁書類に目を通し、やらなければならない仕事に没頭した。

＊＊＊

映画の興行収入を上げるためには、宣伝が重要になる。

配給会社がまずすることは、宣伝プランの策定だ。映画の客層《ターゲット》を想定し、ビジュアルイメージやキャッチコピーの他、宣伝方針、広告出稿、パブリシティやタイアップなどの企画案を作成する。

オムニブスフィルムでは社内の三つのチームがそれぞれ分業してプランを作成し、宣伝会議で討議して詳細を詰めていくというプロセスになっていた。

月曜の午後、宣伝会議に参加した燈子は、終了後に自分のデスクに戻る。今回の作品はイギリスのサスペンス物で、内容は文句なしに面白い。会議でも活発な意見交換が行われたものの、燈子はいまいち乗り切れず、発言の機会が少なかった。

その理由は、昨夜の出来事だ。燈子は眠っている間宮が「光里」と別の女性の名前をつぶやくのを、偶然聞いてしまった。

(直前まですごく幸せだったのに、あのタイミングで例の女性の名前を出すなんて。……ひどいよ)

無意識下のつぶやきというのが、彼の相手に対する思い入れを物語っている気がして、燈子を苦しめている。

しかも燈子は初対面のときにその女性と見間違えられており、「もしかすると、その女性に似ているから間宮は自分とつきあっているのではないか」という考えに取りつかれ、疑心暗鬼になっていた。

(だから……)

別れ際、こちらの態度を不審に思ったらしい彼に理由を問い質された燈子は、気がつけば間宮に本音をぶつけていた。

あのときの彼の表情を思い出し、燈子は目を伏せる。

(頼人さん、すごく面食らった顔をしてた。わたしに言われた内容が意外で、でも何も言い返せないような)

つまりこちらの指摘は、図星だったということだ。

いかにも誠実そうな顔をしていながら、間宮は燈子に何かを隠している。現在わかっているのは、〝光里〟という女性が関係し、その女性と燈子がよく似ているという、この二点だった。

（出会ったときに他の人と見間違えられたことが気になってたし、元華族の家柄の人だから、本気にならないでおこうって考えてた。押し切られる形で二ヵ月間の〝お試し交際〟をすることになったけど、そのあとは周りの反対とかで別れる可能性のほうが高い、期間限定の関係だって……。でもわたし、今は頼人さんを心から好きになってる）

彼の印象は最初から一貫して誠実で、これまで気持ちを疑ったことがなかっただけに、一晩経った今もショックが大きい。

こちらに向けられていた熱を孕んだ眼差し、甘いささやきや抱擁が嘘だったかもしれないと思うと、心がぎゅっと強く締めつけられた。

もし他に好きな人がいながら自分に交際を申し込んだのなら、間宮はかなりの役者だ。それとも、大企業の御曹司で自分より人生経験がある彼には、恋愛スキルが低い燈子を落とすのは朝飯前だったのだろうか。

（ああ、駄目だ。思考がかなり卑屈になってる。……こんなふうに考えるのは嫌なのに）

そのときふいにデスクに置いたスマートフォンが明滅しているのに気づき、燈子は手に取って確認する。

すると間宮からメッセージがきていて、明日から立て続けに出張があること、戻ってくるのは来週の木曜の夜であること、そのため金曜のチャリティーガラパーティーが終わったあとに話がしたい旨が書かれていた。

(そっか。出張だから、一週間会えないのか……)

会社で専務の肩書を持つ間宮は、他県にある自社のホテルに巡視に行くことがあり、出張は決して珍しくはない。

彼と顔を合わせなくて済むことにホッとする反面、結論が先延ばしにされた感もあり、燈子は何ともいえない気持ちになった。

(物理的に距離を取ってわたしたちの関係を見つめ直すには、頼人さんの出張はいい機会かも。問題は金曜日のパーティーだな)

とある名家が主催するというチャリティーガラパーティーは、参加費やオークションで収益金を集め、慈善団体に寄付するための催しだという。

間宮はそこに燈子を連れていきたがり、当日着るドレスや靴、小物をプレゼントしてくれた。こんな気持ちのまま同伴して参加するのは気が引けるが、準備でかなりお金を使わせてしまっただけに、断るわけにはいかない。

（しょうがないか。気は進まないけどパーティーには参加して、そのあと頼人さんと話をしよう）

スマートフォンを操作し、間宮の申し出を了承する旨の返信をして、息をつく。

視線を巡らせると、少し離れたところで木内がベテラン社員の田沼《たぬま》に注意されていた。

「木内さ、そんなモソモソした喋り方じゃ、電話の向こうの相手が聞き取りづらいよ。特にブッキングは、うちが配給する映画を上映してもらうための交渉なんだから、もっとハキハキ話さなきゃ駄目だって」

「……はい」

どうやらブッキングの電話をしていたものの、たまたまそれを耳に挟んだ田沼から駄目出しを受けているらしい。

確かに木内は覇気がなく、モソモソと熱のない話し方をするのが気になっていた。これまで燈子も何度か指摘しているが、あまりしつこく注意して彼が畏縮《いしゅく》してしまうのもどうかと思い、最近は遠慮していたのが裏目に出たようだ。

そう思いながら見つめていると、視線を感じた様子の木内が顔を上げ、燈子は慌てて目を伏せる。

彼に「奥野さんとつきあっている」という嘘を吹聴され、それに対して抗議したのは、先週の木曜の話だ。自分にはまったくその気はないこと、交際の事実がないにもかかわらず社内に嘘を振りまかれるのは迷惑なことを伝えたが、木内はノーリアクションだった。

燈子なりに「少しきつく言いすぎたかな」と気にしていたものの、翌日の彼はいつもどおりに出勤し、昼休みは普通にランチに誘ってきた。前日の話題は一切出ず、まるでなかったことのように振る舞われて、燈子は戸惑いをおぼえた。

(あの人、わたしが言ったことちゃんとわかってるのかな。嘘を言いふらした件について謝ってくるわけでもないし、お昼も普通に一緒に過ごしてるし)

変につついて藪蛇《やぶへび》になるのを恐れ、燈子もあの一件を話題にはしていない。

つまり木内との関係は表向きまったく変わっておらず、燈子は彼に複雑な感情を抱いていた。淡々として表情に乏しい木内が何を考えているかを読み取るのは難しく、真意を図りかねてモヤモヤしている。

(このまま気にしないでおけば、そのうち向こうの熱も冷めるのかもしれないけど。……ああ、何かいろいろと気が重い)

昨日は間宮への気持ちが高まり、「お試し期間をやめ、彼と真剣に交際したい」という方向に気持ちが傾きかけた。

それなのに急転直下、真逆の方向に転がってしまい、一筋縄ではいかない関係に憂鬱な気持ちになる。

気を取り直し、仕事をしようとした。だが引き出しを開けて文房具を出そうとした燈子は、ふと眉をひそめる。

（まただ。誰かがこの引き出しを開けて、中身を漁《あさ》ってる……）

――ここ数日、身の回りに違和感をおぼえることが多々ある。

最初は愛用しているペンケースがなくなった。そのあともデスクの引き出しの中身が乱れていることが度々あり、付箋《ふせん》を始めとしたいくつかの他愛のないものがなくなっている形跡がある。

（一体誰がこんなことを？　たまたまペンを借りただけとかならわかるけど、それならすぐに戻すはずだし）

文房具好きな燈子はデスク周りのものにこだわりがあり、それは社内の人間も知っている。

何かの折に「ちょっと借りたよ」と言われることはあっても、これまでは皆すぐに返してくれていた。そのときふいにデスクの下に置いているバッグが目に入り、いつもと違う置き方に気づいた燈子は顔色を変える。

（えっ？　まさか……）

誰かが引き出しのみならず、バッグの中も漁っている。

現金やカードを盗まれているかもしれないと思い、バッグをつかんだ燈子は急いで中を確認した。

しかし中身に手をつけられた形跡はなく、クレジットカードなども無事で、ホッと胸を撫で下ろす。他のものも確認したが、メイクポーチやＩＣカードなどもあり、釈然としない気持ちになった。

では何がなくなったのかと考えた燈子は、ふいに思い至ってつぶやいた。

「もしかして、歯磨きセット……？」

――バッグの中身でなくなっているのは、歯磨きセットだ。

金目のものではなく、自分が毎日昼休み後に使っているそれがなくなったのに気づき、燈子はゾワリとする。

（わざわざ歯磨きセットを持ち去るって、どういうこと？　未使用品じゃなく、わたしが毎日使っているのに）

心臓がドクドクと脈打ち、手のひらに嫌な汗がにじむ。

今までこうしたことは一度もなく、では誰がやっているのかと考えたとき、思い当たるのは一人しかいなかった。

（まさか……木内さん？　あの人、わたしとつきあってるって嘘を言っていたし）

証拠は何もないが、状況的に言えば彼が一番怪しい。

ひとつひとつは小さなことの積み重ねであるものの、何ともいえない気持ちの悪さを感じた。木内が自分の持ち物を勝手に漁り、こっそり持ち去っているのを想像するだけで、ぞわぞわと虫唾《むしず》が走る。

だが上司に相談しようにも被害があまりにも些末なため、躊躇いをおぼえた。

（被害自体はたいしたことがないのに騒いだりしたら、社内の空気が悪くなる。だったらどうしたら……）

考えた挙げ句に導き出した結論は、もし今後も私物の紛失がエスカレートした場合、他の社員に相談することだった。

それまではできるかぎり自衛し、大事なものはなるべく身の回りから離さないようにしよう――燈子はそう心に決める。

（持ち去ったもの、一体どうしてるんだろう。特に歯ブラシとか……。ああ、考える

と気が滅入《めい》ってきた）
不快感で心がいっぱいになり、かすかに顔を歪めながらバッグをデスクの下に戻した燈子は、少し離れたところにいる木内を見つめてすぐに視線をそらす。
そしてパソコンに向かって仕事を始めつつ、漏れそうなため息を押し殺した。

それから翌週の金曜日までのあいだ、燈子は仕事に集中した。

宣伝方針を詰める会議に連日参加し、ポスターやチラシ、予告映像のコンセプトなどを話し合う。

狙ったターゲットに上手く認知してもらい、映画を「観たい」と思わせるにはどうしたらいいか、どんなふうに情報を発信していくべきかのアイデアを出し合ったあとは、映画公開日直前に放送されるバラエティー番組のブッキングを行う。

テレビを始めとした広告媒体にとって作品を扱うメリットはどこにあるのか、それをアピールするためのチラシやプレス、資料を作成しなければならず、毎日遅くまでパソコンに向かい合っていた。

持ち物の紛失に関しては、自衛していたおかげでその後は何もなかった。それに安堵する一方、落ち着かない気持ちも継続していて、燈子は一抹の不安をおぼえた。

やがて金曜日、燈子はいつもより早く退勤し、以前間宮から指定されたサロンに向かう。そこでヘアメイクをしてもらい、持参してきたドレスに着替えると、担当の美容師が笑顔で言った。

「素敵です。よくお似合いですよ」

「――……」

鏡に映る自分は、まるで別人だ。

細身のラインの黒のイブニングドレスはノースリーブで、首元の控えめなチャイナカラーがポイントになっている。

胸元はオーガンジーを重ねて透け感を抑え、小花をかたどった刺繍《ししゅう》がいくつも施されていた。スカート部分はグレーのサテン生地で、上に重ねられた黒いチュールから垣間見えるようになっていて、シルエットがとても優雅だ。

手首に繊細なデザインのブレスレットを嵌め、上品なクラッチバッグを持てば、いかにもパーティーに参加するにふさわしい服装の完成だった。

髪型は複雑に編み込んでアップにしたあと、少しずつ緩めて後れ毛を出した華やかなものにしてもらう。燈子は鏡に映る自分を見つめ、感心してため息を漏らした。

（やっぱり一流ブランドのドレスを着てプロにヘアメイクをしてもらうと、それなりに見栄えがするものなんだな。これならセレブが集まる会場に行っても、場違いってことはなさそう）

本当はパーティーに参加するのは、直前まで迷っていた。

間宮に最後に会ってから今日で八日が経つが、まだ心の整理はついていない。出張に行っているらしい彼からは先週の金曜日以降に連絡はなく、考える時間はたっぷりあったといえる。

だが燈子の中には、「もし間宮が自分以外の誰かを想っているなら、別れたほうがいい」という考えと、「今後自分だけを見てくれると約束するなら、彼と別れたくない」という相反する二つの考えがあった。

それは同じくらいの強さでせめぎ合い、日によって傾く方向が違っている。別れを決意する瞬間もあったものの、すぐにこれまで積み上げてきた間宮との時間が胸に去来し、強い未練がこみ上げた。

だが「夢うつつに名前を呼ぶくらいなのだから、きっと自分より光里のほうが好きなのだ」という考えもあり、何も知らなかったときのように今後も交際を続けていくことは難しかった。

結局どっちつかずのまま日数だけが経過し、今日を迎えている。

(頼人さんに会うの、すごく気まずい。もしかしたら、今日であの人と別れることになるのかもしれないし)

後ろ向きな気持ちに、胸をぎゅっと締めつけられる。

彼は「話がしたい」と言っていたが、一体何を話す気なのだろう。パーティーの開始時刻が近づくにつれてネガティブな考えばかりが頭をよぎり、燈子の胃がキリキリと痛む。

やがて約束の時間が迫り、仕事のときに着ていた服と靴、バッグを紙袋に入れた燈子は、ショールを羽織ってサロンを出た。紙袋を地面に置き、店の前に佇んで、道行く人たちを見るとはなしに見つめる。

すると五分も経たないうちに、目の前に見知った黒い高級車が停車した。

(あ、……)

運転席から降りてきた間宮が、燈子の姿を見て驚いたように目を瞠る。

そして感嘆の表情でつぶやいた。

「……きれいだ。普段の君ももちろんきれいだが、盛装したらこんなにエレガントになるんだな。すごくよく似合ってる」

ストレートな賛辞にじわじわと頬が熱くなり、燈子は小さく答える。

「買ってもらったドレスが、元々素敵だから。それにプロのヘアメイクさんがちゃんとしてくれたし」

彼は燈子が足元に置いていた複数の紙袋を手に取り、車の後部座席に積み込んだ。そして助手席のドアを開けて言う。

「どうぞ」

燈子はスカートの裾に気をつけながら車に乗り込み、シートベルトを締めた。

運転席に乗り込んだ間宮が、ハザードランプを切って緩やかに車を発進させる。彼は普通の態度に見えるが、燈子は内心ひどく緊張していた。

車内に沈黙が満ち、気まずさに耐えかねた燈子が口を開こうとしたとき、一瞬早く間宮が言う。

「——この一週間、連絡ができなくてすまなかった。電話やメッセージでやり取りするより、話の内容的に直接顔を見て話さなくてはと思っていたんだ」

「……うん」

「チャリティーガラパーティーは、二時間くらいで終わる予定だ。そのあと話をしよう、……ちゃんと説明するから」

数日ぶりに彼の声を聞き、その存在を間近に感じた途端、燈子の中に強い慕わしさがこみ上げる。

こうして会うと、やはり間宮のことが好きだと思う。落ち着いた声や佇まい、醸し出す雰囲気の何もかもが好ましく、いつの間にこんなに心惹かれていたのだろうと不思議に思った。

(でも――)

だからこそ、彼が自分を見ていないかもしれないことが苦しい。

見知らぬ〝光里〟という女性に間宮を取られたような気持ちになり、嫉妬の感情が胸に渦巻いていた。

(やだな、パーティーの前にこんな気持ちでいるの。……今のわたし、きっとすごく可愛くない顔をしてる)

だが参加するのは決定事項なのだから、彼に恥をかかせてはいけない。

そう自身を奮い立たせ、燈子は意識して表情を取り繕う。そして努めて何気ない口調で言った。

「パーティーの会場って、どこのホテルだっけ」

「もう着くよ」

間宮の言うとおり、車は間もなく会場となるホテルの駐車場に乗り入れた。

ショールを脱ぎ、クラッチバッグを手に会場に向かう。チャリティーガラパーティーとは参加者がきらびやかな装いで食事や交流を愉しむもので、参加費とオークションで寄付金が集められ、災害や貧困、紛争、差別に苦しむ世界の人々の支援のために役立てられるらしい。

男性はブラックタイ、女性はイブニングドレスとドレスコードが決まっており、間宮も盛装している。

光沢のある黒のショールカラージャケットと側章入りのスラックス、胸元にプリーツが入ったウイングカラーの白シャツに黒のボウタイというその恰好は、スラリとした体型を引き立てていて、燈子はつい見惚れてしまった。

（頼人さん、こういう恰好をしてると、元華族の家柄だっていうのが頷ける。タキシードを自然に着こなしてるのがすごいな……）

そんなことを考えていると、受付を済ませた彼がこちらを振り向き、「行こう」と促してくる。

彼と連れ立って会場に入った燈子は、その豪華さに息をのんだ。

「わ、すごい……」

天井の高いホールには個性的な形の大きなシャンデリアがきらめき、あちこちに飾られたビビットカラーの装花が華やかさを添えている。

会場内にいる男性は皆ブラックタイのタキシード、女性は足元までの丈があるイブニングドレスを着ていて、グラスを手に笑いさざめくその光景はまるで日本ではないようだ。

呑《の》まれたように立ちすくんだ燈子の腰をさりげなく支え、間宮がエスコートしてくれる。シャンパンのグラスを手渡された燈子がそれに口をつけると、すぐに彼に声をかけてくる中年の男性がいた。

「間宮くんじゃないか。こんばんは」

「ご無沙汰しております、矢口《やぐち》さん」

どうやら知り合いらしい二人が、その場で話し始める。

グラスを手にした燈子は、感心しながら辺りを見回した。色とりどりのドレスを着た女性たちは華やかで、中には着物姿の人もちらほら見える。

テーブルに並んだたくさんの料理は目にも美しく、シェフの実演調理もあり、来場者は酒や料理を愉しみながら談笑していた。

(富裕層のパーティーって、こんなに華やかなんだ。財界の名家の主催だって言ってたけど、ここにいる人たちは頼人さんと同じような家柄の人たちなのかな。すごいな……）

今回のパーティーの参加者は三〇〇人ほどで、財界の人間や政治関係者、それにニューリッチ層などが呼ばれているという。

ＮＰＯの関係者などがそれぞれのテーマで講演する他、チャリティーオークションが予定されているようだ。

間宮は一人との会話が終わった途端、すぐに別の人に話しかけられ、料理を食べる暇がなかった。彼の顔の広さとトークスキルを目の当たりにし、燈子の胸がきゅうっとする。

（悔しいけど、恰好いいな。こういう場で臆せずに堂々としているところや、いろんな人と和やかに会話してるのを見ると、頼人さんが仕事ができるのが伝わってくる）

燈子はそんな間宮の邪魔にならないよう、脇に控えてワイングラスに口をつける。

そして話し込んでいる彼を横目に、手近にあったテーブルの料理を取って食べてみると、びっくりするくらいに美味しかった。食べ終えた皿をウェイターに手渡したところで、間宮がこちらを向いて言う。

「ごめん、君を一人にして。話しかけられると、多少は会話をしなくてはならないから」

「あ、ううん。気にしないで」

やがて会場内が少し暗くなり、オークションが始まる。

目録によれば今回は希少価値が高いアイテムが数多くあり、イギリスの宝飾ブランドの店舗を貸し切ってパーティーをする権利や、有名テニスプレーヤーとテニスをする権利、気鋭のピアニストの独占リサイタルなど、ここでしか入手できないものが目白押しだ。

有名オークションカンパニーのプロが先導し、オークションが始まった。

「十万」

「二十万！」

「五十万」

あちこちから金額が飛び交い、会場内はすぐに熱気に包まれる。

燈子と間宮は参加することなくその雰囲気を愉しんだだけだが、聞いているうちに十万単位が安く思えてくるのが不思議だった。燈子は圧倒されながらつぶやいた。

「何か……すごいね。スタートの金額からして高いのに、皆どんどん吊《つ》り上《あ》げていって」

「まあ、チャリティーだからな。高い金額で落札すれば周囲から一目置かれるし、社会貢献もできて、一石二鳥だ」

富裕層の世界を垣間見ることになった燈子は、だいぶ気後れしていた。

これほどまでに金銭感覚が違うのに、間宮は平然としている。それが自分との間の越えられない壁のように感じ、複雑な気持ちになっていた。

そのときふいに、背後から声が響く。

「間宮、やっと見つけた。こんなところにいたんだな」

「……神崎」

そこにいたのは、間宮と同年代に見える男性だった。

タキシードを自然に着こなしている彼は甘く整った顔立ちをしており、ひどく場慣れた雰囲気を醸し出している。間宮が説明した。

「燈子、彼が君に会いたがっていた友人だ。俺の大学時代の同級生で、学生の頃に起業し、現在はダイレクトマーケティングを基軸としたコンサルティング会社を経営してる」

「神崎卓也です、よろしく」

ニッコリ笑って挨拶した神崎が、ふと目を瞠る。

彼はまじまじと燈子の顔を見つめ、信じられないという表情でつぶやいた。

「おい間宮、一体どういうことだ。この子は……」

「神崎」

間宮が神崎の言葉を遮り、「それ以上言うな」と言わんばかりに首を横に振る。

それを見た燈子は、戸惑いをおぼえた。

(何、どういうこと？　わたしがこの人に会ったのは、今日が初めてだけど……)

そのとき燈子はふと、ある可能性に気づく。

(もしかしてこの人、わたしが自分の知っている人間に似ているから驚いたのかな。

それってまさか——)

自分に似ている人間といえば、それは〝光里〟しかいない。ましてや神崎は間宮の知人なのだから、彼女を知っている可能性は充分にある。

そう考える燈子をよそに、言葉を遮られて不本意そうな顔をしていた彼は、気を取り直すように一度咳払いをした。

そして燈子を見つめ、作った表情だと如実にわかる笑顔で問いかけてくる。

「間宮の彼女に会わせてもらえるなんて、光栄だな。失礼ですが、お名前は？」

「……奥野燈子です」

「奥野さんか。お仕事は何を？」

名前や年齢、職業、家族構成などを矢継ぎ早に聞かれ、燈子は気後れしながらひとつひとつ答える。

そうするうち、あまりに根掘り葉掘り聞いてくる神崎に、次第に苦手意識を抱き始めていた。するとそれに気づいた間宮が、眉をひそめて言う。

「おい、深いことを聞きすぎだろう。彼女も困ってる」

「気分を害したのなら、失礼。でも興味を持って当たり前だろう？　ここ数年そんな気になれなかったお前が、突然女性とつきあい始めたんだからな」

神崎がニコニコして言葉を続ける。

「これまで聞いたことを総合すると、奥野さんは映画配給会社に勤務。アルバイトから正社員になって、わずか二年しか経っていない。ご両親はフレンチやイタリアンではなく、大衆食堂的な洋食屋を営んでおられる。つまり間宮の家柄に釣り合うようなバックボーンはないと」

「神崎、いい加減にしろ」

間宮が強い口調で言い、彼の二の腕をつかむ。

すると神崎は深くため息をつき、その手をやんわりと振《ふ》り解《ほど》きながら間宮を見た。

「まさか間宮家の跡取りであるお前が、こういう女性を選ぶとはな。ご家族はきっと、反応に困ることだろう」

「…………」

「友人としてあえて言わせてもらうが、そういったギャップは後々大きな障害になるぞ。顔で選ぶより、もっと総合的に考えたほうが――」

それを聞いた間宮は燈子を庇《かば》うように前に立ち、抑えた声音で言った。

「神崎、お前に彼女を会わせたのは失敗だった。これ以上燈子に対して失礼な態度を取るなら、今後のつきあいを考えさせてもらう」

すると神崎が鼻白んだ顔になり、間宮を見つめ返す。

しばらく押し黙っていた彼は、間宮の本気を悟ったのか、やがて「やれやれ」というように肩をすくめた。そしてため息交じりに謝罪する。

「悪かった。確かに俺の言葉が過ぎた、謝るよ」

「謝る相手が違う」

「わかってる。奥野さん、大変失礼いたしました。友人である間宮を思うがゆえに、あなたにきついことを言ってしまいました。深くお詫びいたします」

「あ、いえ……」

言葉こそ丁寧だが、神崎の態度はどこか慇懃無礼《いんぎんぶれい》で鼻につく。

そこで老齢の男性が、間宮に向かって声をかけてきた。

「間宮くん、ごきげんよう。お父上はお元気かな」

「竹内《たけうち》会長、こんばんは。先日は那須《なす》のアリシアンホテルへご宿泊いただき、ありがとうございました」

間宮が表情を改め、老人に丁寧に挨拶する。それを機に、神崎が小声で間宮に告げた。

「じゃあ、俺はこれで」

「ああ」

神崎が去っていき、間宮が老人に向き直ろうとする。燈子は急いで彼のスーツの袖を引き、早口でささやいた。

「あの……っ、わたし、化粧室に行ってくるから」

着飾った人々の間をすり抜け、燈子は足早に会場の外に出る。化粧室に向かう燈子の胸には、惨めな思いがじわじわとこみ上げていた。

（何あれ。初対面の人に、どうしてあそこまで言われなきゃならないの？　まるで貧乏人であるわたしが、お金目当てで頼人さんに近づいたみたいに）

まるで値踏みするかのような神崎の視線に晒《さら》されているとき、燈子は居心地が悪かった。

彼の口調は丁寧だが居丈高で、こちらの素性を根掘り葉掘り聞いた挙げ句、「間宮家の跡取りがこういう女性を選べば、ご家族はきっと反応に困る」「そうしたギャップは後々大きな障害になるのだから、顔で選ぶよりもっと総合的に考えたほうがいい」と発言した。

要はこちらを地位も名誉もない一般庶民のＯＬだと判断し、洋食屋を営む両親までも馬鹿にしたのだ。間宮がすかさず厳しい言葉で反論して庇ってくれたものの、燈子はひどく惨めだった。

（でも……あの人の言ってることは、全部当たってる。わたしも頼人さんに交際を申し込まれた当初は、そう思ってたわけだし）

だが自分で思うのと人に言われるのは、話が別だ。

パーティー会場の華やかさ、招かれた人々の装い、そして高額の金額が飛び交うオークションなど、富裕層との歴然とした差を実感していたところにぶつけられた棘《とげ》だらけの発言は、燈子の心をひどく傷つけた。

それでなくても先週の木曜から間宮との関係がぎくしゃくしており、今日は一週間ぶりに会えたものの、このあとの話し合いを想像して緊張していた。そこに追い打ちをかけるような、神崎の言葉だ。

自分が場違いに思えた燈子は、いたたまれず会場を出てきてしまった。廊下を進んだ先にあった化粧室に入ると、中は明るく清潔感がある。

メイクを直すための専用ブースまで来て立ち止まり、燈子はふと先ほど頭をかすめた違和感を思い出した。

(そういえばあの神崎って人、わたしの顔を見て驚いてた。……きっと光里さんに似てるのに気づいたんだ)

また〝光里〟だ——と、うんざりしながら考える。

間宮が寝言でつぶやいたのを聞いて以降、燈子はその名前を思い出すたびにモヤモヤしていた。

顔も知らない女性なのに、彼女はとてつもなく大きな存在感を発揮していて、間宮と自分の間を隔てる障害になっている。

(このあと頼人さんの口から、その話が出るんだろうけど……聞くのが怖いな)

話し合いの結果、自分たちはどうなってしまうのか。それを想像し、燈子の心は暗《あん》澹《たん》たる気持ちでいっぱいになっていた。

早くこの重苦しさから解放されたいと思うのに、それが〝別れ〟という選択をする結果になるなら、つらい。

かといって何も知らなかった頃のようには振る舞えず、思考が袋小路に嵌まり込む。椅子に座った燈子は、真新しいハイヒールに包まれた足の踵を見下ろし、小さく息をついた。

(履き慣れないヒールの靴が、すごく痛い。つくづくわたしって、ああいう場にはそぐわないんだな)

こうして一流ブランドのドレスに身を包み、髪もメイクもプロの人にやってもらっても、所詮外見だけだ。

実際の自分はごく一般的な庶民で、富裕層の人々が集うきらびやかなパーティーはふさわしくない。だが早く戻らなければ、間宮に心配をかけるだけだろう。

クラッチバッグの中のメイク道具で化粧を直した燈子は、化粧室を出る。そして元来た通路を通って会場に向かうと、その入り口に見知った人物が立っていた。

(……あ)

そこにいるのは、神崎卓也だ。

先ほど間宮に「俺はもう行くから」と言って立ち去ったように見えたが、彼は燈子が会場の外に出たのに気づいていたらしい。

気まずさを感じる燈子に、神崎が声をかけてきた。

「――君を待ってたんだ。間宮抜きで話したいと思って」

「………」

「さっきの発言は、奥野さんに対してとても失礼だった。改めて謝るよ。申し訳なかった」

頭を下げる様子をしばらく無言で見つめた燈子は、やがて彼に声をかけた。

「どうぞお顔を上げてください。そうやって頭を下げても、本当は申し訳ないと思っていませんよね？　頼人さんが怒っていたから、仕方なく謝罪のポーズを取った――違いますか？」

顔を上げた神崎が目を瞠り、こちらを見る。

やがて彼は、小さく噴き出して言った。

「鋭いな。それに結構ずけずけ言うね、君」

「すみません、奥ゆかしい言い方ができなくて。何しろこの会場にいる方々とは育ちが違う、一般庶民ですので」

ひとしきり嫌みで当てこすってやった燈子は、すぐに虚《むな》しさをおぼえる。

だがせっかく神崎と話す機会を得たのだから、いっそ聞きたいことを聞いてやろう
――そう考え、口を開いた。

「神崎さんに、お聞きしたいことがあるんですけど」

「何かな」

「あなたが最初にわたしを見たときに驚いていたのは、知っている人に似ていたからですよね。それはひょっとして、光里さんという方ですか？」

神崎は意外そうに眉を上げ、逆に問い返してきた。

「君は光里さんを知ってるの？」

「いえ、知りません。ただ初めて頼人さんに会ったとき、その人に間違えられたんです。だからわたしに似ているといえば、その人なのかなって」

燈子の言葉を聞いた彼は「なるほど」とつぶやき、答えた。

「確かに君は、光里さんによく似ている。細かい部分は違うけど、顔の造りや骨格が、パッと見で『あれっ』と思うくらいに」

「その人は――一体誰なんですか」

燈子の押し殺した問いかけに対し、神崎の返答は予想どおりのものだった。

「光里さんは、間宮の恋人だった女性だ。相沢製薬という大きな会社の社長を父に持つ、筋金入りのお嬢さまだよ」

間宮の恋人だった女性が、自分によく似ている。

その事実を突きつけられた燈子は、胸にズキリとした痛みをおぼえた。彼が説明した。

「間宮と彼女が知り合ったのは、四年前だったかな。パーティーで紹介されたのをきっかけに交際が始まって、一年ほどして婚約した。光里さんは楚々《そそ》として美しくて、間宮はあのとおりいい男だし、美男美女でお似合いのカップルだったよ」

間宮家と相沢家は互いに名家と呼ばれる家系で、家柄的にも釣り合いが取れ、双方の両親は交際を手放しで喜んでいたという。

燈子は複雑な思いでそれを聞き、ポツリとつぶやいた。

「それほどお似合いの二人が……どうして別れてしまったんですか？」

「好きで別れたわけじゃない。不可抗力だ」

「不可抗力って……」

「――光里さんは、亡くなったんだ。三年前に」

燈子は驚き、「えっ」とつぶやく。

光里は既に、亡くなっていた――唐突にそんな事実を突きつけられ、ひどく動揺した。

(頼人さんは、亡くなった恋人とわたしを重ね合わせていたってこと？　何か事情があって別れた人かと思っていたのに)

そんな燈子を尻目に、神崎が言葉を続けた。

「婚約中だった二人は結婚の準備を着々と進めていて、おそらく一番幸せなときだったと思う。三年前の春、『友人が結婚祝いをしてくれるから』と言って出掛けた光里さんは、信号無視で突っ込んできた大型トラックに跳ねられて、二日間の昏睡状態の果てに亡くなったんだ。まだ二十四歳の若さだった」

「……交通事故……」

そのときの間宮の気持ちを想像し、燈子の胸は強く締めつけられる。

結婚の準備を進める中、突然婚約者を失った彼は、きっと大きなショックを受けたに違いない。

そして光里自身も、幸せの絶頂だったときに命を落とすことになってしまい、さぞ無念だっただろう。ホールの戸口に立つ神崎が、にぎわう会場内を見やりながら言った。

「光里さんを亡くしたあとの間宮の意気消沈ぶりは、見ていて痛々しかった。かろうじて仕事はこなしていたが、ひどく瘦《や》せて、表情も暗くて……。『もう誰とも結婚する気はない』とも言ってたな。三年経つとだいぶ立ち直ってきて、最近は見合い話もちらほら来てたみたいだが、どれも断っているようだった」

彼は「でも」と続け、燈子を見る。

「そんな彼が最近『実は彼女ができた』っていうから、俺は喜んでいたんだ。亡くなった婚約者をいつまでも想い続けるのは美談だが、間宮家の嫡男《ちゃくなん》であるあいつには、跡継ぎを作る義務がある。だから恋愛する気になれたならよかったと考えていたのに、まさか相手が君だとはな」

まるで「とんでもない」と言わんばかりの顔で、神崎はため息をつく。

「奥野さんの顔を見たとき、俺は驚いた。あまりにも光里さんにそっくりだからだ。だが、間宮が急に恋愛をする気になったことに合点がいった部分もある」

「…………」

「きっと君は、光里さんの身代わりなんだ。間宮はあれから三年経って心が癒えたわけでも、上手く折り合いをつけられたわけでもなく、光里さんに似た君を恋人にすることで彼女との時間をやり直そうとしてる」

彼の言葉は、鋭い刃のように燈子の心を傷つけた。

神崎の一連の発言は、間宮の寝言を聞いて以降、「もしかしたら」と考えていたことを裏づけるのに充分だった。

(わたしが光里さんの身代わりなのは、薄々わかっていたけど……第三者に言われると、こんなにもダメージが大きいんだな)

神崎は端《はな》からこちらの話を聞く気はないらしく、燈子を気遣うことなく言葉を続けた。

「はっきり言うが、俺は君と間宮の交際には反対だ。いくら顔が似ているとはいえ、君と光里さんは出自からして雲泥の差だからな。名家の出身で、完璧なマナーと高い教養、美貌としとやかさを兼ね備えた彼女と一般庶民である奥野さんは、根本的に違う。今はよくても、いずれ間宮は光里さんとは別人であるのを如実に感じ、苦しむことになるだろう」

彼の指摘は的を射ていて、燈子にはぐうの音も出ない。

神崎は冷ややかな眼差しでこちらを見下ろして言った。

「彼は間宮グループの次期CEOで、地位も名誉も持っている男だから、君としては絶対に逃したくないのはよくわかる。だが、家柄的に釣り合わないのを自覚して、頃合いを見て身を引いたほうがいい。――俺が言いたいことは、以上だ」

第七章

財界で知名度の高い名家が主催するチャリティーガラパーティーは盛況で、会場内は着飾った紳士淑女で溢《あふ》れている。

午後七時過ぎにはメインイベントであるチャリティーオークションが行われ、周囲のあちこちからは活発な金額のコールが響いていた。

そんな中、老舗《しにせ》の茶舗の会長に捕まった間宮は、彼の長話につき合わされることになってしまった。間宮グループのホテルをよく利用してくれる会長は上得意で、無下にはできない。

丁寧な受け答えを心掛けながら、間宮は先ほど「化粧室に行く」と言って会場を出ていった燈子のことが、気になって仕方なかった。

（もうだいぶ時間が経つが、まだ戻ってこない。……やっぱりさっきのことを気にしてるんだろうか）

そもそもこのパーティーに燈子を誘ったのは、友人である神崎卓也が「お前の彼女に会わせてくれ」と言ったからだ。

そんな彼はオークションの最中にこちらを見つけて声をかけてきたが、元々光里と面識があったため、燈子の顔を見て驚いていた。

彼女を質問責めにし、その素性を根掘り葉掘り聞き出した神崎は、燈子の職業や家庭状況、そして洋食屋を営む両親を蔑む発言をして、それを聞いた間宮は強い怒りをおぼえた。

(彼に燈子を会わせたのは、失敗だった。今まではリベラルな視点を持った人間という印象だったのに、実は凝り固まった価値観の持ち主だったということか)

大学卒業後に起業した彼は、大手造船会社社長の次男坊だ。

経済的に豊かな家庭に生まれ育ち、しかも自らの才覚で会社を経営している神崎にとって、燈子は見下すべき〝一般庶民〟なのかもしれない。

彼の心ない発言を浴びせられた燈子は、何も言い返さなかった。だが間宮が他の人間に話しかけられている隙に化粧室に行ってしまい、落ち着かない気持ちが募る。

(早く燈子を捕まえて、きちんと説明しないと。急がなければ、取り返しのつかないことになる)

そう考えた間宮は、竹内老人に対してにこやかに言う。

「会長、那須以外の場所にお泊まりの際も、ぜひ弊社にご相談ください。一番良いお部屋をご用意してお待ちしております」

「ああ。そうするよ」

ようやく話を切り上げた間宮は、老人が去っていくのを見送ったあと、会場内を見回しながら出口に向かった。

そのときスーツの胸ポケットの中でスマートフォンが振動し、取り出してみたところメッセージがきている。

送信者は燈子で、「ごめんなさい　先に帰ります」とだけ書かれていた。

「……っ」

やはり彼女は、神崎の言うことを気にしていた。

そう確信した間宮はぐっと奥歯を噛み、足早に出口に向かう。燈子がホテルを出る前に、何としても捕まえようと思っていた。

しかしホールから出た瞬間、すぐ横から声をかけられる。

「――間宮」

「……神崎」

そこにいたのは、神崎だ。間宮はぐっと眼光を鋭くし、彼に向かって言った。

「さっきは一体どういうつもりだ、彼女にあんなことを言うなんて。お前のせいで燈子は――」

「奥野さんなら帰ったよ。俺が丁重に見送っておいた」

それを聞いた間宮は、顔色を変える。彼との距離を詰め、押し殺した声で問いかけた。

「まさか、二人きりで話したのか」

「ああ。彼女が化粧室に行くのが見えたから、戻ってくるのを待って立ち話をした」

もしかすると、燈子が帰ったのは神崎との会話が原因だろうか。

そう考えた間宮は、彼を睨んで問い質した。

「一体何を話した」

「彼女が光里さんについて聞いてきたから、全部話したよ。お前の婚約者だった女性で、三年前に事故で亡くなった。そして奥野さんの顔は、そんな光里さんにそっくりだと」

間宮はかすかに顔を歪める。

自分の口で説明しようと思っていたのに、第三者から光里に関する話を伝えられてしまった。それで燈子がどんな気持ちになったかと想像し、目の前の神崎に対する苛《いら》立《だ》ちが募る。

すぐさま追いかけようとした間宮だったが、そこで神崎が「ああ、それと」とつけ加えた。

「奥野さんに、身の程を弁《わきま》えるように忠告しておいたよ。君は光里さんの身代わりに過ぎない、名家の出身である光里さんと一般庶民である奥野さんは根本的に違う。今はよくても、いずれ間宮は光里さんとは別人であることを如実に感じ、苦しむことになるだろうってな」

「……っ」

一気に頭に血が上り、間宮は彼の胸元をつかんで首を締め上げる。

そしてふつふつとこみ上げる怒りを感じながら言った。

「一体何の権利があって、彼女を傷つけるんだ。確かに声をかけたきっかけは光里に似ていたからだが、今の俺は燈子の内面に惹かれてる。二人を重ね合わせたりはしていない——それなのに」

「目を覚ませ。お前は何だかんだ言って、光里さんに似た彼女に惹かれてるだけだよ。でもどうしたって別人だし、家柄も釣り合わないんだから、いつか破綻《はたん》するときが必ずくる。だったら早いうちに手を打っておいたほうが、互いに時間の無駄にはならないだろう」

諭すような口調の神崎が本心からそう言っているのが伝わってきて、間宮は虚しさをおぼえる。

かつての彼は光里を気に入っており、「間宮の婚約者でなければ、俺が狙ったのにな」と常々口にしていた。彼女を知っているからこそ、燈子の存在を受け入れられないのかもしれない――そう考えた間宮はつかんでいた神崎の胸倉を離し、目を伏せて告げる。

「お前が俺のためを思ってそう言ってくれてるのは、よくわかった。でも……燈子を傷つけたのだけは、許せない」

「…………」

「今後は俺への心配は、一切不要だ。何も口を出されたくないし、さもわかったようなふりでこちらに関することを断言されたくない。それが俺の大切な人間を傷つけようとする手段なら、なおさら」

彼が呆れた顔で、口を開きかける。しかし間宮はそれを聞かず、にべもなく言った。

「俺は燈子を追いかける。――じゃあ」

神崎をその場に置き去りにし、間宮はエレベーターホールに向かう。

燈子は既にこのホテルを出てしまっただろうが、自宅まで行ってみようと考えていた。

（もっと早く、燈子と話をする機会を持てばよかった。出張続きだったのは仕方ないが、今日のパーティーには無理に出席しなくてもよかったのに）

神崎の「会わせてほしい」という要望を汲《く》んで連れていったにもかかわらず、当の彼が燈子を傷つける発言をしてしまい、忸怩たる思いがこみ上げる。

早く彼女に会って、釈明したい。光里と燈子を同一視していないこと、内面に心惹かれていること、家柄はネックにならないという考えに変わりはないこと――それらをきちんと伝えたくて、気持ちばかりが逸《はや》った。

駐車場に向かい、車に乗り込んでエンジンをかける。後部座席には彼女の荷物が積まれたままで、これも返さなければならない。

丸の内にあるホテルから燈子の自宅までは、車で二十分もかからない距離だった。アパートの二階にある彼女の部屋には、灯《あか》りが点いている。それを確認した間宮は車を降り、後部座席にあった複数の紙袋を持って外階段を上がった。

そしてインターフォンを押すと、しばらくして応答があった。

『……はい』

「燈子――俺だ」

インターフォンの向こうで、彼女が沈黙する。間宮は抑えた声音で言った。

「さっきはすまなかった。神崎から、いろいろ聞いたんだろう？　俺の口からちゃんと説明したいから、ここを開けてくれないか」

『………』

燈子は黙ったまま、答えない。やがて小さな声が、ポツリと言った。

『悪いけど、今は会いたくない。……自分の中で気持ちの整理がついてないし』

「燈子、俺は……」

『今日は帰ってくれる？　いつまでもそこで話されるのも迷惑だし、わたしはドアを開ける気はないから』

確かに集合住宅の通路でこうしていつまでも話しているのは、近所迷惑に違いない。

そう思いつつ、間宮は切実な思いで食い下がる。

「どうしても駄目か？　玄関先でもいいんだ。顔を見て謝りたい」

『本当に無理。もう切るから』

にべもない返答に、間宮はすかさず「待ってくれ」と言った。

「玄関のドアの横に、車の後部座席にあった君の荷物を置いておく。俺が帰ったらすぐに取り込んでくれ」

『…………』

「きちんと向き合って話がしたいという気持ちは本当だし、何も隠す気はない。もしその気になったら、深夜でもいいから連絡をくれないか？　たとえ何時であろうと、車でここまで来る」

ドア一枚を隔てて顔を見られないのが、心底もどかしい。

だがそこまで頑なにさせてしまったのは自分のせいだと思うと、ひどくやるせない気持ちになった。間宮はインターフォンの向こうにいる燈子に向かって告げた。

「連絡を待ってる。——じゃあ」

沈んだ気持ちで通路を歩き、外階段を下りる。

アパートの前に駐車していた車に乗り込んだ間宮は、深くため息をつきながらハンドルに顔を伏せた。

（燈子はいつ連絡をくれるだろう。明日か明後日か、……もしくはもっとかかるのか）

謝罪すら拒否されてしまった今、間宮にできることは何もない。

ただ彼女からの連絡を待つ他はなく、焦りに似た気持ちがじりじりとこみ上げた。

このまま繋がりを断ち切るのだけは、どうしてもしたくない。だが燈子の気持ちによっては、それもありえなくはないと考える。

フロントガラスから見上げた二階の部屋には、灯りが点いている。しばらくそれを見つめた間宮は嘆息し、緩やかに車を発進させた。

＊　＊　＊

インターフォンの通話を切ったあと、室内がしんと静まり返る。

壁際にもたれた燈子は小さく息をつき、その場にズルズルと座り込んだ。

（……少し冷たかったかな。でも、今この状況で頼人さんに会っても、冷静に話せないだろうし）

パーティー会場である丸の内のホテルを飛び出してタクシーで帰ってきたのは、つい先ほどのことだ。

クラッチバッグの中にはスマートフォンが入っていたため、電子マネーで料金を精算することができた。自宅の玄関の鍵は、スペアをいざというときのためにダイヤル式の郵便受けの内部に隠していて、それで家に入り、今に至る。

神崎に言われたことは、燈子の心に暗い影を落としていた。間宮の顔を見るのがつらく、会場に入らないまま「先に帰る」とメッセージを送ってホテルを出てきてしまったが、彼はすぐに追いかけてきたらしい。

間宮はインターフォン越しに神崎の発言を詫び、「話がしたい」と言った。だが聞かされた真実は燈子の中であまりにも重く、取り乱さずに話す自信がなかった。

(だから……)

だから燈子は、直接会って話すのを断った。

粘り強く食い下がってきた彼だったが、こちらのにべもない態度についに諦め、燈子の荷物を玄関先に置いて帰っていった。

それにホッとする一方、追い縋りたい気持ちもこみ上げ、燈子は顔を歪める。

(結局あの神崎っていう人が言ってたとおり、わたしは光里さんの身代わりだったんだろうな。……寝言でも名前を呼ぶくらいだし)

先週の木曜日、間宮がうなされながらつぶやいた名前は、確かに〝光里〟だった。夢に見るくらいなのだから、きっと彼は今も気持ちを残しているのだろう。神崎から見ても「彼女にそっくりだ」という自分は、亡くした婚約者の代わりだったと考えるのが自然だ。

(頼人さんと話し合う前に、答え合わせができちゃった。……わたし、これからどう

したらいいんだろう)

神崎は家柄や出自を理由に、燈子に身を引くように迫ってきた。

居丈高な言い方に腹が立ったが、間宮と同じ上流階級の人間である彼にとって身分差は大きな問題で、看過できなかったのだろう。

神崎の話の中で燈子がもっともショックだったのは、間宮の過去だ。結婚を間近に控えていながら婚約者を亡くしてしまった彼の心情を考えると、その相手を忘れるのは到底無理に思えた。

(結婚を考えるくらいだから、きっと愛してたんだよね。……素敵な女性だったみたいだし)

燈子の胸が、ズキリと痛む。

いくら三年前のこととはいえ、間宮が別の女性を愛していた事実に、心が強く打ちのめされていた。初めて映画館で会ったとき、「光里」と呼んでこちらの手をつかんできた彼は、一体どんな気持ちだったのだろう。

亡くなった恋人とは別人だとわかっていつつも、燈子の顔があまりにそっくりだったがゆえに、代わりに傍に置きたいと願ったのだろうか。

(頼人さんは、最初からわたしを見てなかった。……失った光里さんとの時間をやり

直していただけなんだ）

彼女の存在が常に気にかかりながらも、つきあい始めてからの間宮はこちらに一心に愛情を注いでくれているように感じ、幸せだった。

だが真実を知ってしまった以上、元のようには振る舞えない。自分を通して別の人間を見ている彼とは、もう一緒にいられそうもなかった。

（だったら頼人さんと別れるしかない。わたしはもう、あの人の愛情を信じられないんだから）

そもそも神崎に言われるまでもなく、名家出身の間宮と自分は釣り合わないと考えていた。

それを乗り越えてやっていけるかどうかを見極めるために二ヵ月の〝お試し期間〟を設けたが、その期間はあと一ヵ月残っている。しかし今、満了を待たずに答えは出てしまった。

「……っ」

パーティーから戻ったままのイブニングドレス姿で、燈子は唇を噛む。

彼との別れを想像するだけで、心にじくじくと痛みが走った。あの端整な顔も穏やかな優しい声も、抱きしめる強い腕もすべて失くしてしまうと思うと、途端に決心が鈍る自分が情けなかった。

（頼人さんは、わたしからの連絡を待ってるって言ってた。……でもしばらく連絡できそうにないや）

別れを決めたならさっさと話し合いの機会を持てばいいのに、それができない。一緒に過ごした楽しい時間ばかりを思い出し、泣きたい気持ちになっている。

（明日と明後日は仕事が休みだし、ゆっくり考えよう。……久しぶりに、実家にでも帰ろうかな）

もし間宮がまた訪ねてきたとしても、気持ちの折り合いがついていない状態では、会うのがしんどい。

またインターフォン越しに話すのもプレッシャーで、できれば避けたかった。ならばこのアパートから出て実家で週末を過ごすのは、とてもいい案に思える。

（よし。そうと決まれば、お母さんに連絡しよう）

立ち上がった燈子はスマートフォンを操作し、「明日帰ってもいいか」と母親に打診する。

するとすぐにＯＫの返事がきて、小さく息をついた。

（久しぶりにお父さんの料理を食べたら、少しは元気が出るかな。……お店が忙しそ

うだったら、手伝いをしなきゃ）

翌日、朝から部屋の掃除をして洗濯も済ませた燈子は、昼近くに千駄木にある実家に向かった。

山の手線の内側という都心ながら下町の情緒が溢れる穏やかな土地に、両親が営む洋食屋〝belle lumière〟はある。煉瓦造《れんがづく》りの壁に赤い看板で店名が掛かっている入り口横には、今日のおすすめメニューが書かれた黒板と観葉植物が置かれ、クラシカルな雰囲気だった。

店の傍まで来るといい匂いが漂い、燈子は「ああ、家に帰ってきたな」と懐かしい気持ちになる。

中に入るとドアチャイムに気づいた母親の美知子《みちこ》が、ホールで「いらっしゃいませ」と声を上げた。しかしすぐに客ではなく娘だと気づき、笑顔になる。

「おかえり、燈子。意外に早く来たのね」

「ただいま。お店、手伝おうか？」

「ええ、お願い」

荷物を置きに奥に入ると、厨房にいた父の正志《まさし》が眉を上げる。

「おかえり。しばらくぶりだな」

「ただいま。ホール、手伝うね」

「ああ」

店内には三組の客がいたが、すぐにドアベルが鳴って新規の客も入ってくる。

エプロンを着けた燈子は手を洗ってホールに出ると、慣れたしぐさでグラスに水を注ぎ、テーブルに持っていった。

「いらっしゃいませ。ご注文が決まりましたら、お声をおかけください」

人気店である店には、昼時ともなれば客が次々に訪れる。

牛ヒレカツやエビフライ、スパゲティやオムライスなどの下町らしいメニューから、本格的なフレンチの〝本日のスペシャリテ〟もあり、満遍なくオーダーが入るのが特徴だ。

普段は母親がホールを担当しているが、燈子が実家暮らしのときはこうして手伝いに駆り出されることが多かった。ランチタイムは十一時から一時四十五分で、それが終わると店は休憩に入る。

最後の客を送り出し、〝準備中〟の札を入り口に下げた燈子が店内に戻ると、父が厨房《ちゅうぼう》から声をかけてきた。

「お疲れさん。手伝ってくれてありがとうな。賄い、何が食べたい？」

「んー、オムハヤシ」

「お前はいつも、それぱっかりだなあ」

父が作るオムハヤシは、絶品だ。

鶏肉と玉ねぎ入りのチキンライスを半熟の卵が包み込み、その上にとろとろになるまで煮込んだ牛肉がたっぷりのハヤシソースが掛かっている。

添えられたサラダはレタスの上にハム、ゆで卵、ブロッコリーとミニトマトが彩りよく並び、自家製の和風ドレッシングが美味だった。コンソメスープは野菜で丁寧にだしを取っていて、塩加減が絶妙だ。

料理を口に運んだ燈子は、ほうっとため息をついて言った。

「お父さんの料理、やっぱり美味しい。わたしが作っても同じようにならないの、何でかな」

「そりゃあ修行してきた年数が違うし、簡単にコピーされたら父さんの立場がないだろ」

「そっか」

昼食を食べ終えて片づけをしてると、母がにこやかに言う。

「燈子がうちに泊まるの、久しぶりね。いつもは『近いから』って言って、すぐ帰るのに。何かあったの？」

「ん？　たまにはいいかなと思って」

そう言って誤魔化し、燈子は休憩時間を利用して彼女と商店街まで夕食の買い物に出る。

午後五時から再び店がオープンし、八時の閉店までホールや洗い場を手伝った。やがて午後九時に自宅に戻ると、一足先に帰っていた母が出来上がった夕食をテーブルに並べていた。

「あなた、燈子、お疲れさま。ちょうどお夕飯ができたところよ」

今日の夕食は揚げた鯖《さば》とれんこんに香味ダレを掛けたもの、豆腐のきのこ餡《あん》かけ、ほうれんそうとベーコンのサラダや野菜たっぷりの豚汁など、バランスのいいものだった。

父がビールを開け、「せっかくだから」と母と燈子もグラスを出して、乾杯する。

父が作るものは美味しいが、母の料理もホッとする家庭の味で、燈子はささくれていた心が少し丸くなる気がした。

（実家って、すごいな。こうして両親と顔を合わせると、張り詰めていた神経が緩んでいくのがわかる）

燈子は聞かれるがままに、最近の仕事のことや面白かった映画について語る。

そして台所で酒のつまみを作り始めた父を横目に、母に向かって言った。

「そうだ、アルバムってどこに入ってたっけ」

「どうしたの、急に」

「昔の自分の写真が見たくなっちゃって。あそこの押し入れの中？」

「ええ。下の奥のほうよ」

押入れの奥を漁った燈子は、数冊のアルバムを取り出す。

ページをめくると、幼いときの自分が遊んでいる写真や、どこかに出掛けたときの写真が丁寧にファイリングされていた。燈子はそれを眺めつつ口を開いた。

「よく〝世の中には、自分に似てる人が必ずいる〟っていうけど、本当なんだってことを最近知ったんだ。わたしが実際に会ったわけじゃないんだけど、二人の人が口を揃えて『そっくりだ』って言うから、きっとよっぽど似てるんだろうなと思って。でも、うちの親戚に相沢さんなんて人はいないよね」

するとそれを聞いた父が動きを止め、ポツリとつぶやく。

「相沢……？」

燈子は「うん」と答え、別のアルバムをめくってふと手を止めた。

「あれ、わたし、こんな写真撮ったっけ？　小学校の入学式みたいだけど、うちの学校じゃないよね、ここ」

自分が通っていたのは公立の小学校のはずだが、写真の中では私立の有名な学校の前に制服を着て立っている。よく見ると記憶より髪が長く、こちらを見つめる表情も少し違うように感じて、燈子の心臓がドクリと跳ねた。

（これってもしかして、わたしじゃない？　だったら一体……）

そのとき母が、勢い込んでこちらの顔を覗き込んできた。

「そ、その人の下の名前は聞いた？　あなたにそっくりだっていう人の名前」

燈子は戸惑い、彼女の顔を見つめて答えた。

「相沢、光里さんっていう人だって……」

「――――」

両親の顔色が目に見えて変わり、不自然な感じで黙り込む。

それを目の当たりにした燈子は戸惑いをおぼえ、二人に問いかけた。

「どうしたの、そんな顔をして。もしかしてお父さんとお母さん、その人のことを知ってるの？」

いつまでも沈黙して答えない両親に、燈子が「ねえ」と言おうとした瞬間、父が口を開いた。

「お前には言っていなかったが、俺たち夫婦には幼い頃に手放した娘が、もう一人いる。俺たちにとっては長女で、燈子の姉妹に当たる人物だ」

「えっ……？」

言われている内容がすぐに理解できず、燈子はただ目の前の彼を見つめる。

父が硬い表情で、言葉を続けた。

「相沢光里――彼女はお前と血が繋がった、実の姉だよ。燈子」


テレビの中のバラエティー番組が、空々しい笑い声を立てている。

ダイニングのテーブルに向かい合って座った三人の間に、重い沈黙が満ちていた。

絶句する燈子に対し、父が説明した。

「うちがここに〝belle lumière〟を開店して今年で二十一年が経つが、実はその前にも店を経営していたんだ。先祖代々の土地で、立地も良くて、かなり繁盛していた。

……ずっとそこで商売をしていくんだと思っていた」

父が三十歳、母が二十七歳のときに結婚し、翌年に第一子が生まれた。その女の子は〝光里〟と名付けられ、家族は幸せそのものだったという。

「忙しい日々だったけど、毎日がとても充実していたな。でも、美知子が第二子を身籠ってから、少しずつ歯車が狂い始めたんだ」

二番目の子どもを妊娠した母は、光里の育児をしつつ夫の店を手伝っていたが、ある日不正出血とお腹の張りがあって受診したところ、〝常位胎盤早期剥離〟の兆候があると診断されたらしい。

母がうつむいて説明した。

「胎盤早期剥離は、本来なら出産のときに外に排出されるべき胎盤が、妊娠中に剥がれてしまうことをいうの。赤ちゃんは臍《へそ》の緒と胎盤が繋がっていて、そこから酸素や栄養を摂っているから、このまま出血が続けば死亡する可能性があるって言われたわ。それで管理入院をして、経過観察をしていくことになったの」

彼女が入院することになったため、父は幼い光里の面倒を見ながら店を切り盛りしなければならず、てんやわんやの忙しさだったという。

「俺の両親は既に亡くなっていたし、美知子の両親は遠方でしかも闘病中だったから、誰にも頼れない状況だった。それでも、ご近所の人たちが支えてくれて何とかやっていたんだが、そこでイレギュラーな出来事が起きた」

――突然店にかかってきた、一本の電話。

それによってもたらされた話は、父にとっては晴天の霹靂《へきれき》だった。

「俺には兄が一人いて、健康食品の会社を経営していた。でも、彼が莫大な借金を作って夜逃げしたっていう連絡がきたんだ。借りられるだけ借りた金を持ってとんずらしていて、俺はその連帯保証人になっていた」

昔から出来の良かった兄は会社を興す際、「絶対に迷惑はかけないから」と言って連帯保証人になるのを頼み込んできた。

他の誰にも頼めないという彼の言葉に同情し、父は血の繋がった弟に迷惑はかけないだろうという信頼の下、それを承諾したらしい。

「本当は俺も家庭があるんだから、どんなに兄貴に頼まれても断るべきだったんだろう。だが、後悔しても後の祭りだ。連帯保証人の債務は基本的に一括払いだと言われ、俺は店舗兼自宅を売却して返済に当てるしかなかった」

それでも満額にはわずかに足りず、残債は数年間の分割払いにすることで何とか合意したのだと父は語った。

店はもうないため、昔の伝手《つて》を辿って一流ホテルの中にあるフレンチレストランで働くことになったが、朝早く夜も遅い仕事では光里の面倒を見ることはできない。彼は母と話し合い、やむを得ず光里を児童養護施設に預けることになったという。

父はテーブルの上で強く手を握り合わせ、絞り出すような声で言った。

「……簡単に決断したわけじゃない。できれば手元で育てたかったが、当時は経済的に逼迫《ひっぱく》していて、ベビーシッターを雇えなかった。いつまでも知り合いの厚意に甘えるわけにもいかないし、本当に仕方がなかったことなんだ。美知子が無事出産を終えて体調が戻ったら、すぐに光里を迎えに行くつもりだった。あの子に寂しい思いをさせないよう、休みのたびに面会に行っていた」

彼の手が白くなるほど強く握り合わされているのに気づき、燈子は何ともいえない気持ちになる。

母はうつむいて泣きそうに顔を歪め、震える声でつぶやいた。

「私が体調を崩したりしなければ、光里を施設に預けずに済んだのよ。あの子はおとなしくて片言が始まったばかりで、本当に可愛くて……私たちの宝だったのに」

児童養護施設に光里を預けた父は、必死に働いて借金の返済をしていた。

自分の食費まで削って節制し、一日も早く完済することを目標にしていたという。

そうして二ヵ月ほどが経った頃、転機が訪れた。

「施設から『大事な話がある』と言われて訪問したところ、相沢夫妻を紹介されたんだ。大きな製薬会社を営んでいるという彼らは、慈善活動として施設への経済的支援を行っていたそうなんだが、俺に対して思わぬ提案をしてきた。――『光里ちゃんを、私たちの養女にさせてくれませんか』と」

「養女……」

相沢家は財界で名の知れた名家だったが、夫妻には長く子どもができなかった。

彼らは児童養護施設を訪れるうちに光里の可愛らしさに魅了されてしまい、「自分たちの娘として迎え入れたい」と考えるようになったらしい。

「もちろん最初は、突っぱねた。美知子が出産を終えたら光里を迎えに行くつもりだったし、施設に預けたのも本意ではなかったからだ。でも夫妻は何度も俺の元を訪ねては、自分たちなら光里に何不自由ない生活をさせてやれること、最高の教育を与えてやれること、本当の娘として大切にすることを繰り返し言ってきて……ひどく葛藤《かっとう》した。確かに借金がある身では、夫婦と子ども二人で暮らしていくのは難しい。むしろどんどん出費が多くなっていくのに、毎月の返済金額が高額で……どうするべきか、美知子と何度も話し合った」

父は借金のプレッシャーと仕事で疲れきり、母は自身の体調不良とお腹の子を無事に産めるかどうかの瀬戸際で、どちらも精神的に限界だった。

相沢夫人は母が入院している病院に見舞いに訪れ、「大切にいたします。実子として慈しむつもりでおりますから、どうか私を光里ちゃんの母親にさせてくださいませんか」と必死に頭を下げてきて、ついに心が折れた。

父と母は、断腸の思いで光里を相沢家に養女に出すことを了承した。

「相沢氏に『失礼ながら調べさせていただきましたが、奥野さんには借金がおありでしょう。光里ちゃんを養女にいただく代わりと言ってはなんですが、私どもに立て替えさせていただけませんか』と言われたものの、それだけは断固として断った。金が欲しくて光里を手放す決断をしたわけではないし、人として馬鹿にされた気がしたからだ。俺の剣幕を見た彼は恐縮して引き下がったが、『もし将来的に何かお困りになった際は、遠慮なくお申し出ください』と言った。……俺はとても、惨めだった」

その後、弁護士によって法的な手続きが行われ、光里は相沢家の娘となった。

母が涙ぐみながら言った。

「あの子のことは……一日だって忘れた日はなかった。どうしてるんだろう、可愛がってもらってるのかなって、そんなことばかり考えて……。誕生日や入学の折りには、必ずプレゼントを贈ったわ。相沢家は受け取ってくれたけど、『光里には養女ということを黙っているから』と、あの子に会わせてはくれなかった」

彼女は燈子が先ほど見ていたアルバムをめくり、中身を見せてくれる。

そこには学校に卒入学したときの光里の写真が、順番に収められていた。

「こうして節目には写真を送ってくれて、それだけが楽しみだったの。燈子、あなたによく似てるでしょう」

「……っ」

——確かによく似ている。

幼少期、そして大きくなってからも、光里の顔の造作は燈子に瓜二つと言ってよかった。顔だけではなく体型もそっくりで、唯一違うのは髪型や服装くらいだ。

食い入るように写真を見つめる燈子の前で、父が話を続けた。

「光里が相沢家に引き取られたあと、美知子は無事出産を迎えて、お前が生まれた。俺はレストランが休みの日には日雇いの仕事を入れて、美知子もパートや内職をして、数年間二人で死に物狂いで働いたんだ。その甲斐《かい》あって、お前が幼稚園に入る頃に借金を完済できた。俺はその足で、すぐ相沢家に向かった」

父の目的は、光里を引き取ることだったという。

断腸の思いで手放した長女を、どうしても取り戻したい。その一心で、身勝手だとは思いつつ夫妻に面会を求めたが、けんもほろろに断られたという。

「『あの子はもう、私たちの娘です』と――はっきりそう言われた。二歳になる前に引き取られた光里は相沢夫妻を本当の親だと思っているし、犬猫の仔《こ》のように気軽に返すことはできない。自分たちは実子として育てる覚悟で引き取り、事実そうして扱っていると。……ぐうの音も出なかった」

養女に出したのを心の底から後悔したものの、時は既に遅く、両親は引き下がらざるを得なかったらしい。

それからも節目ごとに写真が送られてきたが、面会することは叶わなかった。そうして月日が流れ、光里が二十四歳になった三年前、突然相沢家から連絡が入った。

「あの子が……亡くなったという知らせだった。青信号の横断歩道を渡っていたところを、前方不注意の大型トラックに轢《ひ》かれたと。……信じられなかった」

母が耐えきれないように涙を零し、口元を押さえる。父の目元も赤くなり、こみ上げる感情を抑えているようだった。

相沢夫妻の厚意で、両親は葬儀に参列した。そこで二十二年ぶりに娘の顔を見て、二人で涙を流したという。

「写真で見て知っていたが、清楚できれいな子だったよ。婚約中で、二ヵ月後に挙式を控えていたと……」

――その相手は、間宮だ。

燈子はかすかに顔を歪め、アルバムの中の光里の写真を見つめる。存在すら知らなかった姉は、自分が愛した人の婚約者だった。その事実が、燈子の心を強く締めつけていた。

(いくらわたしと光里さんが似てるといっても、他人だからきっと雰囲気だけだって思ってた。……でもこうして写真を見ると、血の繋がりを強く感じる)

そんなことを考える燈子に対し、母が口を開いた。

「ごめんね、あなたに光里のことを黙っていて。あの子を手放したことがつらくて、私たちは二人でいるときしか話題に出すことができなかったの。それで結局あなた一人を、蚊帳《かや》の外にしてしまった」

「…………」

それを聞いた燈子は、「もし光里の話を前もって両親から聞いていたら、一体どうなっただろう」と想像する。

きっと自分は、間宮に恋しなかったに違いない。亡くなった姉の婚約者である男性と、恋人にはなれない。そんな横取りのような真似《まね》は、できるはずがなかった。

しばらく沈黙していた燈子は、椅子から立ち上がる。そして驚いた様子の両親に向かって、小さく告げた。

「ごめんなさい。……わたし、ちょっと一人で考えたいから、もう部屋に行くね」

「燈子……」

「おやすみ」

勝手知ったる二階に上がり、元々使っていた自分の部屋に入る。

いくつかの家具だけ残されたその部屋には、今夜燈子が使うための布団が袋に入って置かれていた。灯りも点けずに部屋に入った燈子は、布団袋にもたれて座り込む。

心が千々に乱れて、仕方なかった。

(頼人さんの亡くなった婚約者が、わたしの姉だったなんて。……あの人がわたしにどうして交際を迫ってきたのか、理解できた気がする)

神崎が言っていたとおり、自分は光里の〝身代わり〟だったに違いない。

亡くなった婚約者にそっくりな燈子を傍に置きたくて、間宮は交際を迫ってきた。寝言で名前を呼ぶくらいなのだから、彼はいまだに光里を忘れていないのだろう。つまり燈子の存在意義は、〝光里に似ていること〟しかないことになる。

（頼人さんの優しさや細やかさ、愛情が自分に向けられてると思っていたけど、それは間違いだったんだな。……全部わたしじゃなく、お姉さんに向けられたものだったんだから）

涙がこみ上げ、ポロリとひとしずく零れ落ちる。

もし光里が赤の他人であったならば、ここまでつらくはなかったはずだ。だが本当は血を分けた姉妹であり、一緒に育ったわけではないのに共通点がいくつもある。

そんな状況で、姉ではなく〝自分〟を見てもらえる可能性は、この先もほぼないのではないか。そうした後ろ向きな気持ちが、燈子の心を満たしていた。

（だったらもう、一緒にはいられない。頼人さんがわたしを通してお姉さんを見てるのがわかってるのに、平気な顔なんてできないから）

間宮の愛情が自分ではなく光里に向けられていたのを知った燈子の中には、やりきれない感情が渦巻いていた。

本音を言えば、他の誰のこともあんな目で見てほしくないし、触れてほしくない。それなのに実際は自分のほうが横恋慕していて、姉に対して申し訳なさが募る。

（結婚する直前に事故で亡くなるなんて、お姉さんはきっと無念だったろうな。頼人さんのことを愛してたんだろうし）

神崎いわく、光里は完璧なマナーと高い教養、美貌としとやかさを兼ね備えた、素晴らしい女性だったという。写真で見た彼女はまさにそれを体現していて、まるで別の次元の自分を見ているようだった。

（わたしに実は姉がいて三年前に亡くなっていたなんて、今もまったく実感がない。……生きているときに、一度会ってみたかったな）

だがその場合、間宮は〝姉の婚約者〟で、燈子は〝婚約者の妹〟という関係にしかなれない。それにひどく息苦しさをおぼえ、燈子は顔を歪める。

（頼人さんとは、もう別れるしかないよね。たぶんあの人もわたしが婚約者の妹だって知ったら、交際を続けることを躊躇うはず）

出会って約二ヵ月、間宮と過ごした時間を燈子は思い出す。

映画の趣味が合い、観たあとに感想をあれこれ話し合うことも、食事をするのも、自宅でのんびりと過ごすのも、全部楽しかった。

たとえ育った環境やバックボーンは違っていても、一緒にいる時間はとても心地よかった。彼の大人の男としての余裕や穏やかさ、こちらを見つめるときの甘やかな眼差し、ベッドでの男っぽい顔も、何もかもが好きだった。

いつしか家柄の差などどうでもよくなるくらい、燈子は間宮に強く心惹かれていた。

（馬鹿だな、わたし。……こんなときに、頼人さんへの気持ちを自覚するなんて）

もし光里が自分と血の繋がりのない赤の他人だったとしたら、燈子はいつか間宮が彼女を忘れてくれることを願いつつ、交際を継続していたかもしれない。

だが〝姉の婚約者〟だけは、駄目だ。光里への申し訳なさが心にあり、平気な顔ではつき合えそうもなかった。

彼と別れ話をしなければ――と、燈子は考える。一日も早く、間宮との関係を断ち切らなければならない。もし理由を聞かれた場合は、自分と光里の血縁関係を話さざるを得ないと思っていた。

（何も知らずに出会って、それが姉の婚約者だったなんて、こんな偶然があるんだな。せめてお父さんとお母さんが前もって話してくれてたら、あの人を好きになったりしなかったのに）

理性では別れを納得しているのに、心が未練がましく間宮に執着している。

それを無理やり抑え込もうとすると、胸に痛みが走った。こらえきれずに顔を歪めた燈子は布団袋に突っ伏し、こみ上げる嗚咽《おえつ》を押し殺した。

第八章

翌日の朝、階下に降りていくと、母が心配そうにこちらを見た。

「燈子、あなたその目……」

泣き腫らした目を見た彼女が心配そうな顔になり、燈子は苦笑いして答える。

「昨夜、ちょっと泣いたから……でもたぶんメイクで隠れるから、大丈夫」

朝食の用意をしていた母は作業の手を止め、こちらに向き直って真剣な表情で言った。

「光里のこと、あなたに黙っていて本当にごめんなさい。存在を隠されていたこととあの子が亡くなったこと、両方がショックだったのよね？　私たちのエゴであなた一人を除け者にしたこと、すごく反省してる」

「………」

本当は光里のことだけではなく、間宮の件も絡んでいたが、燈子は両親に詳細を話すつもりはなかった。

母を見つめ、燈子は口を開いた。

「お姉さんのこと、確かにショックだったよ。もっと早くに話してほしかったし、できれば一度会ってみたかったとも思うし」

「……そうよね」

「でももう、言っても仕方がないことだってわかってる。お父さんとお母さんだって会えなかったんだから、わたしもきっと面会するのは無理だったもんね。あの、もしよかったらお姉さんの写真を一枚くれない？　二人にとってどれも大切なのはわかってるけど、わたしも一枚持っていたくて」

「そんな、遠慮しないでちょうだい。妹であるあなたがそう言ってくれて、きっとあの子もうれしいと思うわ」

母と二人でアルバムをめくり、大学卒業時の袴姿《はかますがた》の写真をもらう。

朝食のテーブルについた燈子は、彼女に向かって問いかけた。

「お父さんは、もうお店？」

「ええ、仕込みの最中」

「じゃあメイクをしたら、わたしも手伝いに入るね」

店は昼の十一時半開店で、日曜ということもあり、たくさんの客が来店した。

母と二人でホール業務をする傍ら、燈子は洗い物をしたり、父に頼まれてパントリーから食材を運んだりと、忙しく過ごす。昔からの顔見知りの客が声をかけてくれ、店の手伝いは燈子にとっていい気分転換になった。

やがて夜九時半、燈子はおかずがたくさん入った紙袋を手に、二人に礼を言った。

「こんなにたくさんのおかず、すごくうれしい。ありがとう」

「ううん、お店を手伝ってくれて、こっちこそ助かったわ。ねえ、あなた」

「ああ」

煮込みハンバーグとラタトゥイユ、肉じゃが、ベーコンと春野菜のキッシュなど、数日分の食事に困らないだけのおかずを持たされ、かなりの大荷物になってしまった。

玄関まで見送りに出た父が、「燈子、あのな……」と言ったきり、押し黙る。それを見た燈子は、無理やり笑顔を作って言った。

「お姉さんの件なら、もう謝らないで。……話してくれて、ありがとう」

「…………」

「わたし、帰って少し仕事をしなきゃ。じゃあ、もう行くね」

「ああ。気をつけてな」

実家のある千駄木から田端にあるアパートまでは、歩いて二十分くらいで帰ることができる。

街灯に照らされた歩道を歩きつつ、燈子は夜の空気を吸い込みながら考えた。

(頼人さんと、いつ話をしよう。……今日はもう遅いし、明日かな)

金曜の夜に自宅まで来たのを追い返してから、間宮から連絡はない。

それは燈子が「自分の中で気持ちの整理ができるまで、会いたくない」と言ったからだ。彼は「自分の口から、ちゃんと説明したい」「きちんと向き合って話をさせてくれないか」と何度も訴えていて、必死なその声音を思い出すと胸が強く締めつけられた。

(「説明する」って、やっぱりお姉さんのことだよね。頼人さんは、一体どういう言い訳をするつもりだったんだろう)

間宮の口から姉の話を聞くのは、やはりつらい。

彼がどれだけ光里のことを想っているのかを知らされるのは、想像するだけで苦しかった。

(でも、ズルズル先延ばしにするわけにはいかない。……もう終わらせないと)

いくら似ていても自分は光里ではなく、その面影を投影される関係は純粋な恋愛ではない。

若くして亡くなった姉は痛ましく、その無念さを思うと胸が潰れる気がするが、彼女の代わりでいいから間宮の傍にいようという気にはなれなかった。

考えていると涙がにじんできて、燈子はぐっと唇を引き結ぶ。彼を嫌いになったわけではないものの、別れるのはもう決定事項だ。「こうするしかない」という強い気持ちが、燈子の中にはある。

うつむきがちに夜道を歩き、やがて自宅アパートに着いた。外階段を上り、このあと寝るまでの段取りを考えながら一番奥にある部屋の玄関の鍵を開けていると、ふいに横から声が響く。

「――奥野さん」

ドキリとして顔を上げると、階段付近に見覚えがある男が立っていた。

ひょろりとした痩身《そうしん》、目元まで掛かる長めの髪、伸びたTシャツにデニムという冴《さ》えない恰好の彼は、いつもどおりの思考が読みにくい表情でそこにいる。

燈子は動揺しながらつぶやいた。

「木内さん……どうしてここに」

これまで彼を自宅に招いたことは、一度もない。

それどころか、どこに住んでいるかすら話したことがないのに、なぜ木内はここにいるのだろう。

そんなこちらの疑問を見抜いたように、彼が言った。

「何で俺がここにいるかって、疑問に思ってる？　それはこれまで、何度も奥野さんの後をつけたからだよ」

「…………」

「このあいだ話をしてから、何度も考えたんだ。奥野さんは俺と『つきあってない』って言ってたけど、やっぱりそれはおかしいって」

木内がこちらに歩み寄ってきて、青ざめた燈子は一歩後ずさる。数歩手前で立ち止まった彼が、淡々と続けた。

「だって会社にいるとき、いつも俺のほうを見てるし。視線に気づいて顔を上げたらサッと目をそらすけど、常にこっちを気にしてるのがわかった」

「それは……」

——それは木内の、気のせいだ。

確かに何度か見たことはあるが、異性として特別な関心を抱いているわけではない。

そう考える燈子をよそに、彼がうっすら笑いを浮かべて言葉を続けた。

「考えるうちに、このあいだの言葉はきっと照れ隠しなんだって思ったんだ。小野寺さんと中谷さんに俺たちの仲を知られたのが気まずくて、八つ当たりしたんだって」

「ち、違う。何でそんなふうに考えるの？　現にわたしたち、つきあってないよね？」

燈子の心臓が、嫌な感じで速い鼓動を刻む。

先ほど木内は、「何度も後をつけて、自宅を特定した」と言っていた。要するに彼は、自分をストーキングしていたということだ。燈子は手のひらに汗がにじむのを感じつつ、木内に向かって確認した。

「ねえ、わたしの身の回りのものを勝手に持ち去ったのって、もしかして木内さん？　会社の引き出しの中にあった、文房具とか」

すると彼は頷き、拍子抜けするほど素直に認める。

「うん。俺、コレクター気質っていうか、好きなものはとことん集めたくなる性質《たち》なんだ。奥野さんのものも、少しずつ集めたよ。ペンケースとか付箋とか」

「……歯磨きセットは……」

「ああ、それも。家で毎日使ってる」

事も無げな答えを耳にした瞬間、燈子はゾワリと肌が粟立つのを感じる。

盗み出したこちらの使用済みの歯ブラシを、木内は毎日家で使っているという。その異常な行動、そして他人の私物を持ち去っても悪びれない態度に戦慄《せんりつ》し、言葉にできないほどの嫌悪感をおぼえた。

（この人とこのまま一緒にいるのは……まずい。でも、どうしたらいいんだろう）

走って逃げようにも通路には彼がいて、脇を通り抜けるのは難しい。

ならば解錠済みの玄関のドアを開け、素早く中に入って鍵を閉めたほうがいいのではないか。そう頭の中で計算し、燈子はじりじりとタイミングを探る。

（距離が結構近いから、もしかしたら邪魔されるかも。そのときは大声を出せば、誰か気づいてくれるかな）

夜のこの時間帯、アパートの住人は何人か帰ってきていて、先ほどいくつか部屋の灯りが点いているのが見えた。

もし争っている気配を感じたら、誰かが不審に思い、様子を見に顔を出すかもしれない。その可能性に賭《か》け、何度か浅い呼吸をした燈子は、意を決してドアノブに飛びつく。

「……っ」

しかしその瞬間、腕を伸ばした木内がこちらの口元を手のひらで塞ぎ、強く抱きすくめてきた。

燈子の手からおかずのタッパーが入った紙袋が落ち、足元で重い音を立てる。彼が笑って言った。

「もしかして、部屋の中に逃げ込もうとしてた？　そうやって何度も横目で見てたら、バレバレだよ」

「ううっ……」

声を出そうにも男の大きな手で口を塞がれ、呻くことしかできない。そんな燈子を見つめ、木内が揶揄《やゆ》する表情でささやいた。

「昨日の夜はここに帰ってなかったみたいだけど、一体どこに行ってたの？　あの高級車のリーマンとお泊まり？」

「……っ」

「俺、思ったんだ。奥野さんがそうやってよそ見をするのは、俺がいつまでも手を出さないことに焦《じ》れてるからじゃないかって」

燈子の心臓が跳ね、嫌な予感が頭をかすめる。それを裏づけるように、彼が熱を孕んだ眼差しで言った。

「だからさ、ちゃんとした恋人になろうよ。そうしたら奥野さんも、他の男のことなんかどうでもよくなるだろ？」

こちらの口を塞いだまま、木内が片方の手で玄関のドアを開ける。

そして燈子の上体を抱え込んで中に入ると、靴を脱いで暗い廊下を奥へと進んだ。

身体を引きずられる燈子は死に物狂いで暴れたものの、細身だが男である彼はびくともしない。

リビングに踏み込んだ木内がソファに押し倒してきて、背中に強い衝撃を受けた燈子は息を詰まらせた。彼は上に乗り上げて覆い被さり、相変わらずこちらの口を手で塞いだまま、ささやくように言った。

「もし暴れたりしたら、俺、奥野さんに何をするかわかんないよ。だからちょっとのあいだ、おとなしくしててよ。ね？」

「……っ」

木内の手が身体をまさぐってきて、燈子は嫌悪感でいっぱいになる。

このまま彼の思いどおりにされるのは、絶対に受け入れられない。だったら殴られるのを覚悟で、徹底的に抵抗したほうがましだ――そう考え、自分の口を塞いでいる木内の手を噛もうとした瞬間、ふいに低い声が響いた。

「――何をしてるんだ」

突然の第三者の声に、木内がビクッとして動きを止める。

燈子が戸口に視線を向けると、そこには間宮が立っていた。彼はソファの上で口を塞がれ、押さえ込まれている燈子を見て、顔色を変える。

大股でこちらに歩み寄った間宮が木内の襟首をつかんで引き剥がし、その右腕を後ろにねじり上げた。木内は背中を反らし、悲鳴を上げる。

「いっ、痛ててっ、やめ……っ」

「一体誰だ、君は。燈子に乱暴しようとしていたのか？」

まさか彼が来てくれるとは思わず、燈子は信じられない気持ちで身体を起こす。

そして急いで説明した。

「その人は……わたしの会社の、同僚なの。さっき実家から帰ってきたら、玄関の前で遭遇して――それで」

「君が帰っているかと思って来てみたら、玄関前に複数の紙袋が落ちていたんだ。様子がおかしいと思って、あえてインターフォンを押さずに中に踏み込んだら、こんなことに」

木内が唸《うな》りながら身をよじり、間宮の拘束から逃れる。

よろめきつつ立ち上がった彼は、青ざめた顔でブツブツと文句を言った。

「何だよ……いいところだったのに、邪魔しやがって。これじゃあ仕切り直さなきゃいけないだろ。俺だって暇じゃないのに、ふざけるなよ」

言いながら木内が少しずつ後ずさっていて、それに気づいた間宮が再び彼に腕を伸ばす。

しかしそれより一瞬早く身を翻《ひるがえ》し、木内は脱兎《だっと》のごとく部屋を飛び出していった。

咄嗟に追いかけようとする間宮を、燈子は呼び止める。

「待って、頼人さん。追わなくていいから」

「でも」

——自分を待ち伏せしていた木内は、もしかしたら刃物を持っているかもしれない。深追いをして間宮が怪我をするような事態だけは、何としても避けたかった。燈子は必死に訴えた。

「口を塞いで押え込まれただけで、わたしは何もされてない。彼の身元はわかってるし、訴えるのはあとでもできるでしょ？　だから今は追わないで」

「…………」

間宮は一瞬不本意そうな顔をしたものの、ソファの脇にしゃがみ込み、燈子の頬に触れてくる。

「大丈夫か？　大事に至る前に、踏み込んでよかった」

その手の大きさとぬくもりに、胸がぎゅっとする。

じわじわと安堵がこみ上げ、目頭が熱くなった。彼は燈子の頬を撫でたあと、立ち上がって言った。

「玄関前に落ちている荷物を拾ってくる。それから、防犯のために玄関を施錠するけどいいか？」

「……うん」

間宮が玄関に向かい、紙袋を拾ってくる。そしてそれをテーブルの上に置き、こちらを見た。

「周囲を確認したが、あの男の姿はなかった。……災難だったな」

「…………」

「彼とどういう関係なのか、詳しく聞いてもいいか？」

燈子は頷き、木内が一ヵ月前に入社してきたアルバイトであること、自分が指導係として仕事を教えていたことを説明する。

「それと……実はこの間、会社の先輩から変な話を聞いて。『木内くん、あんたとつきあってるって言ってたよ』って」

「えっ？」

「どういうことなのか本人を問い詰めたら、あの人はわたしとつきあってると思い込んでたみたいなの。会社でたくさん話しかけてくるし、いつも自分を見てるからって。そんな事実はないことを告げて、きっぱり断ったら——わたしの私物が、少しずつなくなり始めて」

彼を問い質したところ盗んだことを認め、既成事実を作るために家に連れ込んで押し倒してきたのだと燈子が説明すると、間宮は渋面でつぶやいた。

「なるほど。思い込みの強い人物で、君のストーカーになってたってことか」

「考え方がおかしい人なのは、普段の言動からわかってたんだけど……まさか自宅を特定して、あんなふうに襲ってくるとは思ってなかった」

「なぜ俺に相談してくれなかったんだ？　いくらでも力になったのに」

彼の言葉を聞いた燈子は、ぐっと唇を引き結ぶ。

木内に襲われているところを助け、こうして親身に話を聞いてくれている間宮に、自分はこれから別れを告げなければならない。

顔を見ることができず、燈子はうつむいてつぶやいた。

「言えないよ、……頼人さんには」

「どうして」

「あなたとは、おつきあいを継続することはできない。――別れたいと思ってる」

言葉にした途端、胸に鋭い痛みが走った。

彼がこちらに向き直り、語気を強めて言う。

「そのことだが、ちゃんと説明させてくれないか？　俺はそのために、ここに来たんだ」

金曜の夜に燈子からインターフォン越しに拒絶され、帰宅した間宮だったが、やはり顔を見て話したいと考えたらしい。

先にメッセージや電話で伺いを立てると断られると踏んだ彼は、昨日の夜もアポなしでこのアパートを訪れたのだと語った。だが部屋の灯りが点いておらず、しばらく待っても帰宅する気配がなかったため、燈子の行方《ゆくえ》が気になっていたのだという。

「今日もインターフォンを鳴らしてみて、もしいなかったら携帯に電話をしようと思っていた。そうしたらこの部屋の玄関前に紙袋が落ちていて、ただならぬ気配を感じた」

そう状況を説明した間宮が一旦言葉を切り、再び口を開いた。

「話を戻そう。俺が君に会って話したかったのは、神崎から聞いたであろう過去についてだ。――三年前、俺には婚約者がいた。名前を相沢光里といって、とあるパーティーで知り合った女性だった」

「…………」

彼の話を、燈子は黙って聞く。

四年前にパーティーで知り合った光里が資産家である相沢家の一人娘だったこと、一年間交際したのちに婚約したこと。

そして二ヵ月後に挙式を控えた光里が不慮の事故で亡くなったことは、神崎から聞かされた話と合致していた。

間宮が言葉を続けた。

「彼女のことは……恋人として愛していた。だからこそ結婚したいと思ったし、突然亡くなったときは信じられなかった。かろうじて仕事だけはこなしていたが、それ以外何も手につかなくなるくらい、大きなショックを受けた」

その声音には彼の苦しみがにじんでいて、燈子は胸が痛くなる。

挙式の準備を進めていた二人は、きっと幸せの絶頂だったに違いない。だが光里の事故死によってそれは無残に断ち切られ、間宮が言葉にできないほどの喪失感に苛《さいな》まれただろうことは、容易に想像できる。

押し黙る燈子を見つめていた彼は、小さく息をついて目を伏せた。

「嘘はつきたくないから言うが、光里は素晴らしい女性だった。清楚な容姿はもちろん、聡明で品があり、物静かでありながら自分の意見をきちんと述べることができる。おしとやかなのに男にただ従うという姿勢ではなくて、一本通った芯のようなものを感じさせるところが、とても魅力的だった」

「…………」

「そんな彼女を超える女性は今後二度と現れないと思ったし、光里がいないならもう誰とも結婚しなくていいと考えていた。三年経つ最近までその思いは変わらなくて、持ち込まれる縁談はすべて断っていたんだ。でも――映画館で、君に会った」

燈子はそっと視線を上げ、間宮を見る。

すると彼と目が合ってしまい、心臓がドキリと跳ねた。間宮はこちらから目をそらさず、真剣な眼差しで話を続けた。

「あのときの映画は、確か恋愛物だったな。恥ずかしい話、俺は燈子と目が合うまで自分が泣いているのに気づいていなかった。観ているうちに、光里と過ごした日々をしみじみと思い出して……そんなとき、彼女とそっくりな女性を目撃して、思わず声をかけてしまった」

確かにあの日の彼は、必死な顔でこちらの腕をつかんできた。

ちょうど光里のことを思い出していたところで燈子に遭遇し、まるで彼女が戻ってきたかのように錯覚してしまったらしい。燈子は間宮を見つめ、口を開いた。

「頼人さん、わたしに『相沢光里という名前に聞き覚えはありませんか』って聞いてきたよね。それくらいわたしが、彼女によく似ていたから」

「ああ。顔の造りや全体の雰囲気が、本当によく似てる。でも――」

「あのときはわたしも、知らなかった。名前を聞かされても、何一つ心当たりがなくて……。でも今は、わたしが彼女に似ている理由がわかってる」

彼が怪訝な表情になり、「えっ？」とつぶやく。

燈子はソファの下に落ちていたバッグを拾うと、その中から一枚の写真を取り出した。そして間宮に差し出し、確認するように言う。

「相沢光里さんって、この人のことだよね」

「……………。どうして君が、これを」

写真には、大学卒業時の袴姿の光里が写っている。

それを目にした彼が、ひどく戸惑った様子でこちらを見つめた。燈子は深呼吸し、意を決して告げた。

「それはわたしが……彼女の妹だから。わたしたちは互いの存在を知らずに育ち、一度も会うことがなかった、実の姉妹なの」

＊＊＊

部屋の中が、しんと静まり返る。

室内には壁掛け時計が立てる秒針の音だけが、規則正しく響いていた。間宮はソファの隣に座る燈子を前に、呆然《ぼうぜん》とつぶやいた。

「……実の姉妹って、君と光里が？」

彼女からもたらされた情報は思いがけないもので、すぐに頭がついてこない。

だが見せられたのは大学の卒業式で撮ったらしい、極めて私的な写真だ。間宮は目まぐるしく考えた。

（光里と燈子の顔は、驚くほど似ている。あまりにそっくりで、初めて見たときは光里との血縁関係を疑ったくらいだ。今思えば、その考えが正しかったということなのか？）

目の前の燈子の顔は、記憶の中の光里の面影を彷彿とさせる。間宮は信じられない思いでつぶやいた。

「光里に妹がいるという話は、聞いたことがない。そもそも彼女は相沢夫妻と君の両親、どちらの子なんだ？」

「それは……」

――燈子は説明した。

光里が二歳になる前、父が兄の連帯保証人の債務を被って店舗兼住居を手放したこと。そこに母の入院が重なって娘の面倒を見るのが難しくなり、やむを得ず児童養護施設に預けたこと。

そして施設を経済的に支援していた相沢夫妻が光里を気に入り、「是非に」と懇願して養女にしたこと――。

間宮は手で口元を覆って言った。

「光里にそんな事情があったなんて、知らなかった。てっきり相沢夫妻の実子だとばかり」

「お姉さん自身は何も知らされていなかったって、うちの両親が言ってた。わたしの父が借金を完済したあと、相沢家に養子縁組を解消してくれるようにお願いしに行ったそうなんだけど、あちらのご両親が『あの子は自分たちを、本当の両親だと思っている』って言っていたそうだから」

燈子は実家で自分にそっくりな人物が写った写真をたまたま見つけ、そこから光里の話に発展したらしい。

彼らは娘を手放したことがあまりにもつらかったために、これまで次女である燈子に姉がいる事実を伝えられなかったのだという。

燈子がうつむいて言った。

「最初に聞いたときは……信じられなかった。でも両親からお姉さんを手放した経緯を聞かされて、節目のたびに相沢家から送られてきたっていう写真を見せてもらって――全部本当のことなんだって実感したの。つまり、わたしと相沢光里さんは血を分けた姉妹で、同じ男性を好きになってしまったんだって」

彼女は顔を上げ、苦渋に満ちた眼差しで間宮を見て言った。

「あなたがわたしをかつての婚約者と見間違えて、その上で交際を申し込んできたんだって知ったとき……すごくショックだった。『自分はその人の身代わりなんだ』って感じたし、今後もわたしの顔を通して違う人を見る頼人さんの傍にいるのは、耐えられないとも思った。でも、そのあとに実家でお姉さんの話を聞かされて――考えが変わったの」

「変わった？」

間宮の問いかけに燈子が頷き、沈痛な表情で言葉を続ける。

「お姉さんの婚約者だった頼人さんを、横から奪う真似なんてできない。確かに彼女はもう亡くなっているし、わたし自身は一度も会ったことがないけど、結婚したいほど好きだった人を自分の死後に妹に奪われるなんて、他人にされるより耐えられないと思う」

「……………」

そういう考え方もあるだろうか。

間宮から見た光里は清楚で心優しく、嫉妬深い性格ではなかった。物事を極めて理性的に考えられるタイプだったが、妹が婚約者に横恋慕した場合、どんな反応をしたかはわからない。

そう考える間宮の横で、燈子が一旦言葉を切り、迷うように視線を彷徨《さまよ》わせる。そして再び顔を上げて言った。

「だからお互いのために、わたしたちはもう別れたほうがいい。間にお姉さんを挟んでずっとその存在を意識していくのは、恋愛としてとても不毛だと思うから。だから――ごめんなさい」

彼女はずっと悩み、苦しんだ挙げ句、この決断を下したのだろうか。

それが光里を思うがゆえだとわかり、間宮は燈子を痛々しく思った。一度も会ったことのない姉に気持ちを寄せ、その心情を慮《おもんばか》って、彼女は自分との別れを選択している。

間宮はしばらく押し黙り、やがて口を開いた。

「今の君の話を聞いて、腑《ふ》に落ちた部分がある。他人にしてはあまりにも顔や体型が似ていると思ったが……二人が姉妹だったとは」

「………」

「だが、訂正させてほしい。確かに俺が初めて燈子に声をかけたのは、光里にそっくりだったからというのが大きな理由だ。だがその後再び映画館で顔を合わせて、作品の感想を話し合ううち、君個人に好感を抱いた」

〝映画好きの友人〟という関係になってからは、そのさっぱりした気性や気さくさ、溌剌とした雰囲気にどんどん心惹かれた。

間宮のそんな言葉を聞いた燈子が、躊躇いがちに「でも」と口を挟んだ。

「それはわたしが、お姉さんに似てるからじゃ……」

「君と光里は顔こそよく似ているが、中身はまったく違う。はっきり言って、全然似ていない」

「えっ？」

「彼女は知的でおしとやかで、物静かな雰囲気の持ち主だった。いかにも良家のお嬢さまという感じで、周囲からは高嶺の花として見られていたんだ。だが燈子はアグレッシブで、たとえ仕事で疲れていても、気になる映画があるなら急いでレイトショーに駆け込むようなフットワークの軽さがある。よく食べ、よく話して、いつもニコニコしているのを見るのは、とても楽しかった。しかも当初の君は俺の肩書に微塵も興味を示さず、むしろ腰が引けている様子だったのも新鮮だった」

光里とは真逆の雰囲気を前にして、間宮が二人を重ね合わせることは自然となくなっていった。

だが決して不快ではなく、むしろ〝違っている面〟にこそどんどん惹かれていったのだと、間宮は説明した。

「君が〝お試し〟とはいえ俺とつきあうのを了承してくれたときは、天にも昇る気持ちだった。きれいなのに今まで一人としかつきあったことがなかったり、料理上手なところも、意外だが好感が持てたな。でもその一方で、俺の中では光里のことが引っかかっていた」

〝光里に似ているから〟というのは既に燈子と交際する理由ではなくなっていたが、

最初に名前を呼んでしまった事実は消せない。

いつかそのことがトラブルの火種になってしまうかもしれないと考えていたが、まさか神崎が暴露してしまうとは思っていなかった。

間宮のそんな言葉を聞き、燈子がポツリと言った。

「神崎さんに話を聞く前から……疑いは持ってたよ。わたしの態度が、急に変わったときがあったでしょ？」

「ああ」

「頼人さん、わたしと抱き合ったあと、寝言で『光里』って言ってたの。それを聞いた瞬間、初めて会ったときに口にしてた名前だってすぐにわかった。神崎さんの話を聞いたあと、頼人さんは亡くなった恋人をまだ忘れてないんだ、だからそっくりなわたしとつきあったんだって――そう思って」

「……そうか。俺がそんなことを」

あの日、燈子が突然態度を硬化させた理由がわかり、間宮は小さく嘆息する。

「俺の無意識のつぶやきで、君につらい思いをさせてごめん。たぶん寝ながら彼女の名前を口にしたのは、相沢夫人の件があったからだと思う」

「相沢夫人って……お姉さんの、お母さん？」

「ああ」

間宮は光里の命日に相沢夫妻に会ったこと、そのときに相沢夫人から「もしかして他にいい人がいるのではないか」と疑われ、以来電話で何度も粘着されていることを語った。

「夫人は光里を忘れてほしくない一心で、俺のプライベートを必死に縛ろうとしている。彼女の言い分を聞くのは苦しかったし、応えられない自分が薄情なのかと思うこともあった。そうするうちに心の中の罪悪感が刺激されて、夢うつつに光里の名前を呼んでしまったのだと思う」

間宮は腕を伸ばし、燈子の手に触れる。

ビクッと震えるそれを握り込み、真摯な口調で告げた。

「でも、今の俺が好きなのは燈子で、光里ではない。彼女を失ったときは苦しんだし、忘れられなかったのは確かだが、少しずつ時間が薬となって痛みが和らいできていた。そんなときに出会ったのが、君だ。光里と似ていると感じたのは最初だけで、今は燈子の内面に強く心惹かれている。二人のことは別々の人間だと認識した上で、君の心が欲しいと思っているんだ。信じてくれないか」

「……頼人さん、わたし……」

彼女は動揺した様子を見せ、言いよどむ。

その表情からは、内心ひどく葛藤していることが見て取れた。間宮はふと思い出してつけ加えた。

「ああ、顔以外にも『似てる』って思ったことがあったな。覚えてるか？　このあいだ二人でフランスの映画を観たときに、君が言った言葉を」

「えっ？」

――あのとき燈子は、「普通〝愛する〟っていうと、自分が主体で働きかけるイメージがあるけど、そこを突き詰めていくといつしか〝自分〟はどうでもよくなって、相手の存在そのものを最大限にリスペクトすることに尽きるのかもしれない」と話していた。

間宮は彼女に説明した。

「かつて光里も言ってたんだ。『私の愛し方は相手を誰よりも尊敬し、その存在を尊重することです。一生そういう気持ちで、頼人さんについていきたいと思っています』って。燈子が偶然似たような発言をして、本当に驚いた。一緒に育ったわけではないのに同じことを考えるなんて、血の繋がりはすごいな」

燈子が目を瞠り、ポツリとつぶやく。

「お姉さんが……そんなことを」

「燈子がその発言をしてくれたとき、俺はうれしかった。君たちが姉妹だとは知らなかったし、都合のいい考えかもしれないけど、まるで光里が君を引き合わせてくれたみたいに感じて、胸がじんとしたんだ」

それを聞いた彼女の目が、みるみる潤んでいく。間宮は燈子の手をより強く握って言った。

「――君を愛してる。光里を忘れたわけではないし、それはこれからも無理だろう。だがこの先の人生を燈子と一緒に生きていきたいと、強く思ってる。どんなことからも必ず守るから、俺の傍にいてくれないか」

彼女の大きな目から涙が零れ落ち、急いで手でそれを拭う。

燈子がうつむき、小さく言った。

「でも……お姉さんの気持ちを思うと、わたしは」

「光里のことを抜きにして、君は俺をどう思ってる？　別れたいと本気で考えているのか」

間宮の問いかけに、彼女はぐっと顔を歪め、しばらく沈黙したあとで首を横に振る。

そして絞り出すような声で言った。

「わたしは……頼人さんが好き。最初は誰もが知ってる有名企業の御曹司だし、元華族の血筋だって聞かされて、腰が引けてた。『自分みたいな一般庶民は、絶対釣り合わない』って考えて、卑屈な気持ちを抱いてた」

燈子は「でも」と言い、言葉を続けた。

「何度も会ううちに、頼人さんの落ち着いた物腰とか、家柄を鼻にかけない気さくさとか、映画の趣味が合うところにホッとして、一緒にいるのを楽しいと思うようになっていったの。交際を申し込まれたときはうれしかったけど、『自分じゃ釣り合わない』っていう気持ちと、『断って、これっきりになりたくない』っていう気持ち、それに最初に別の人に間違われたことがせめぎ合って、気づいたら〝お試し期間〟を提案してた。わたし……ずっと及び腰で、どっちつかずの狡い態度を取ってた」

だが次第に間宮への愛情を自覚するようになり、彼女は「こんなにも自分を想ってくれる存在は、この先現れないのではないか」「だったら意地を張らず、間宮の愛情を信じてその気持ちを受け入れてもいいのかもしれない」という方向に傾きかけていたらしい。

そして先週の木曜の夜、うたた寝している間宮が起きたら気持ちを伝えるつもりでいたのに、「光里」という寝言を聞いてそれどころではなくなってしまったのだと、燈子は語った。

「わたしが抱いた疑念を裏づけるように、パーティーで会った神崎さんは頼人さんとお姉さんのことを事細かに説明してくれた。さらに実家で、今まで知らなかった話を聞かされて――もう頼人さんとつき合うのは無理だと思った。お姉さんに対して、あまりにも申し訳なくて」

彼女は顔を上げ、涙で潤んだ瞳で間宮を見る。

そして切実な眼差しを向け、かすかに震える声ではっきりと告げた。

「でも純粋にどういう気持ちなのかって聞かれたら、わたしは頼人さんが好き。こんなに好きになったのも、安心できるのも初めてで――誰にも渡したくない」

「……っ」

たまらなくなった間宮は、燈子の身体を引き寄せて強く抱きしめる。

腕に力を込め、その華奢《きゃしゃ》さとぬくもりを感じつつ、耳元でささやいた。

「だったら俺と一緒に生きてくれ。互いに同じ気持ちでいるなら、俺は引かない。燈子の中の光里に対する罪悪感は、俺も一緒に背負うから」

すると彼女が顔を上げ、問いかけてきた。

「頼人さんは……いつか後悔しない？　わたしはお姉さんみたいにおしとやかでも聡

明でもないし、すごい家柄でもない。お見合いで釣り合いが取れる人を探したほうが、きっと周囲からのプレッシャーはなくなるのに」

「何度も言っただろう、家柄とか立場はネックにはならないと考えてるって。たとえ誰かに横槍を入れられたとしても、俺の気持ちは絶対に変わらない」

間宮は「だから」と言い、燈子の二の腕をつかんで身体をわずかに離す。

そして彼女の目を見つめて告げた。

「別れるという話は、もう聞かない。俺は燈子が好きで、君も俺を想ってくれているんだから」

燈子がこちらを見つめ返し、しばし躊躇ったあと、小さく頷く。

それに心から安堵し、間宮は再び彼女の身体を抱きしめて、盛大なため息をついた。

「よ、頼人さん？」

「ホッとしたら、一気に力が抜けた。一昨日、インターフォン越しににべもなく追い返されてから、生きた心地がしなかったんだ。昨日はいつまでも自宅に帰ってくる気配がなかったし、今日も外から見たら電気が点いていなくて、『もし一人で倒れていたらどうしよう』と心配になって部屋の前まで来た。そうしたら玄関の前の通路に紙袋が落ちていて、異様な雰囲気で」

躊躇いつつドアノブに手を掛け、鍵がかかっていないのに気づいた間宮は、そっとドアを開けた。

すると三和土《たたき》に男物のスニーカーと燈子の靴が散乱していて、気配を殺して静かに中に踏み込むと、リビングで彼女が襲われている場面に遭遇した。

それを聞いた燈子が言った。

「頼人さんが来てくれて、本当に助かった。あのときは『たとえ殴られてもいいから、死ぬ気で抵抗しよう』って考えてて、ちょうど実行しようとしていたところだったの」

「その前に踏み込めてよかった。君が殴られて怪我するところなんか、想像もしたくない」

そう思うと今すぐに触れて確かめたい気持ちが募り、間宮は彼女に問いかける。

「——抱きたい。抱いていいか？」

「えっ」

「悪いが、否定の言葉は聞かない」

抱きすくめ、耳朶《じだ》を舐めながら燈子のカットソーの裾から手を入れる。

脇腹に触れた瞬間、彼女の身体がビクッと震えた。細くしなやかな感触は腕にしっくりと馴染み、髪から香る花のような甘い匂いが欲情を煽る。

耳朶から首筋に唇を這《は》わせると、燈子が息を乱した。彼女は間宮の二の腕を押さえ、上気した顔でささやいた。

「……っ、待って、ベッドで……」

「わかった」

ソファからベッドに移動し、燈子を押し倒した間宮は、自身のネクタイを緩める。

彼女が再び自分の腕の中にあるのが、まだ信じられなかった。にべもない拒絶から一転、燈子から「好き」という言葉を聞くことができた間宮の心は、いまだかつてないほど高揚している。

手を伸ばして頬を撫でると、彼女は戸惑った顔をした。

「頼人さん……？」

「愛してる、燈子」

「ん……っ」

覆い被さってキスをすると、燈子が甘い吐息を漏らす。

服を脱がせるのももどかしく、互いの肌を貪り合った。触れれば触れるほどに彼女の身体は蜜《みつ》を零し、華奢な骨格や柔らかな感触、熱を孕んだ眼差しが間宮の征服欲を煽る。

早く押し入りたい欲求をぐっと抑え、間宮は燈子を高めることに集中した。やがて何度か達した彼女がぐったりとし、間宮は口元を拭って上体を起こす。

そして避妊具を装着し、燈子の体内に自身を埋めていった。

「あ……」

とろとろに蕩けた中は熱く、その狭さに間宮は得も言われぬ快感をおぼえる。

彼女が腕を伸ばし、こちらの首を引き寄せてくる。抗《あらが》わずに覆い被さった間宮は、燈子の汗ばんだ額にキスをしてささやいた。

「可愛い。――動いていいか？」

「……っ」

些細な動きにも敏感に反応を返す燈子を前に、間宮はいとおしさを掻き立てられる。

互いの熱を貪る行為は一度では終わらず、何度も抱き合ってようやく落ち着いたのは、深夜一時を過ぎていた。

狭いシングルベッドで彼女の汗ばんだ身体を抱き寄せた間宮は、その髪にキスをしてささやいた。

「明日は仕事なのに、だいぶ疲れさせちゃったな。ごめん」

「ううん。わたしも頼人さんに、触れたかったから……」

少し気だるげなしぐさで間宮の身体に腕を回した燈子が、何か考え込む様子で沈黙する。

そして顔を上げると、意を決した様子で言った。

「――あのね、頼人さんの言葉を聞いて、考えたことがあって」

「うん?」

「今までのわたし、『頼人さんは、自分とは住む世界が違うんだ』って思って、肩書や家柄に尻込みしてた。でも、それはもうやめる」

間宮は黙って彼女の話を聞く。燈子が勢い込んで言った。

「頼人さんの周りの人に認めてもらえるように、うんと努力する。出自はどうしようもないけど、これから先の自分はいくらだって変えられると思うんだ。だからマナーとかポージングとか、お茶やフラワーアレンジメント、ワインなんかも、スクールに通ってたくさん勉強するつもり」

意外な発言を聞かされた間宮は、驚きに目を瞠る。彼女は真剣な表情で言葉を続けた。

「もしかしたらわたしの顔がお姉さんと似ていることで、比べられるときがあるかもしれない。でも血の繋がりを否定したくないし、むしろ似ているのを誇って、胸を張りたいと思ってる。今後頼人さんの隣にいて恥ずかしくないレベルになるには時間がかかるかもしれないけど、絶対に投げ出さずに頑張るから、それまで待っててくれる？」

燈子の眼差しは真っすぐで、本心からそう言っているのが伝わってくる。

それを眩しく見つめ、間宮は答えた。

「俺は今の君で構わないし、何かを強制するつもりもない。光里に似てる部分も似ていない部分も、全部愛してる」

間宮は「でも」と言って、彼女の髪を撫でた。

「そうやって俺のために努力してくれようとする姿勢は、すごくうれしい。君が俺との関係に後ろ向きになるのではなく、ポジティブに行動しようとしてくれることが、本当にうれしいんだ」

間宮の会社ではホテルの従業員向けにさまざまな講座やeラーニングを用意しており、それをいくつか紹介すると言うと、燈子が笑顔を見せる。間宮はそれを、面映ゆく見つめた。

（こうやって二人で、いろいろなことを前向きに考えていけたら――）

その道の先で、将来〝結婚〟という新しい関係を築けるだろうか。

そんなふうに考えながら、間宮は彼女を抱き寄せる。そして甘さをにじませた眼差しで問いかけた。

「燈子にばかり努力させるんじゃなくて、俺もちゃんと君に歩み寄るよ。どうしてほしい？」

「えっと……じゃあ頼人さんは、わたしにワインのこととか教えてくれる？　それにフォーマルな場所で、どう振る舞うべきかとか」

「いいよ。得意分野だ」

コンシェルジュの経験を見せるいいチャンスだと考え、間宮は微笑む。

明日は互いに仕事で早く眠らなければならないのに、あれこれ話し合うのが楽しくて、いつまでも話が終わらなかった。

シングルサイズの狭いベッドの中、間宮はいとしい恋人のぬくもりを間近に感じ、じっと幸せを噛みしめた。

エピローグ

梅雨の合間に晴れた今日はひどく蒸し暑く、気温は三十二度まで上がって、盛夏の様相を呈している。

自社配給の映画の公開を来月に控え、オムニブスフィルムの社員たちはパブリシティの最後の追い込みで大忙しだ。

完成披露試写会を終えたあとは初日の舞台挨拶までメインキャストが揃うことがないため、その日に集中してさまざまな取材をブッキングする。当日のスケジュールは分刻みになることも珍しくなく、どういう順序で組むかなど、綿密な打ち合わせが必要だ。

これまでは作品の映像素材を撮影地の地元企業や団体などに提供し、ご当地ならではのタイアップCMを作ってもらったり、テレビ局、新聞社、映画関連のフリーペーパーにキャストを取材してもらったりと、より多くの人に映画を観てもらうための宣伝活動を精力的に行ってきた。

プロモーションには社員が手分けして関わるため、公開前の一ヵ月は息をつく暇もないくらいの忙しさで、燈子もだいぶ疲れていた。だがそれもようやく目途がつき、今日で一段落だ。

（今日は早く帰れそう。久しぶりに頼人さんと、ゆっくりできるかな）

社内で一番の〝下っ端〟に戻ってしまったため、自分が率先してこなさなければならない雑務が多い。

なぜなら四月にアルバイトとして入った木内直弘が、わずか一ヵ月で退社してしまったからだ。

（まあ、しょうがないよね。……あんなことがあったんだから）

――一ヵ月前の五月の末、燈子は自宅にやって来た木内に襲われかけた。

その前に「自分たちはつきあっている」と嘘の話を他の社員に言いふらされたり、私物を盗まれたりということが続いていたが、まさか自宅まで特定されているとは思わなかった。

大事に至る前に間宮が駆けつけてくれて事なきを得たものの、木内はその場から逃走した。そして翌日会社に現れた彼は、社長に対してこう訴えたという。

『奥野さんに弄《もてあそ》ばれた。彼女は自分の気持ちを知っていながら他の男と浮気し、それをこちらに見せつけて愉しんでいる』

『あんな股の緩い女を働かせているのは、この会社にとってよくない。やっていることは結婚詐欺《さぎ》と一緒なのだから、即刻解雇してほしい』

一方的にそうまくし立てた木内だったが、燈子はひとつひとつ毅然《きぜん》と否定した。

彼と交際している事実がないにもかかわらず、他の社員に嘘を言いふらされて困っていたこと。身の回りの私物がなくなることが増え、木内を問い質すと「自分が盗んだ」と認めたこと。

そして自宅を特定され、前日の夜に襲われかけたことを話すと、彼は動揺しつつ「知らない」「女はすぐにこうやって嘘をつく」と否定した。しかし騒ぎを聞きつけた小野寺と中谷が出張の際の木内の発言について証言すると、社長は燈子のほうを信じてくれた。

『木内、お前の話には整合性と客観性が欠如してる。奥野の説明、そして中谷や小野寺の話を総合すると、お前の言い分のほうがおかしく聞こえるぞ』

その上で社長は、「社員の私物を盗む行為や事実とは違う話の流布、そして自宅までつき纏《まと》って暴行未遂を起こすような人物は、懲戒対象になる」と通告し、自分の言い分が通らないと悟った木内は顔を真っ赤にして、勤務時間であるにもかかわらず会社を出ていってしまった。

翌日から彼は無断欠勤し、そのまま仕事を辞めればうやむやになると考えたようだったが、それは間宮が許さなかった。

彼は燈子に被害届を出すように勧め、警察にアパート内部の指紋などを取ってもらった上で、自身の顧問弁護士に依頼して木内の自宅に「悪質なつき纏いと暴行未遂で刑事告発し、民事裁判を起こす」という文書を送付させた。

何も知らなかった彼の両親は仰天し、平謝りで「どうか被害届を取り下げてくれないか」と申し出てきたが、それはにべもなく却下された。

間宮の主張は「ああいう手合いの男は、一度徹底的に潰さないとまた被害者が出る」というもので、その後木内は警察から事情聴取を受け、身柄を送検された。

（木内さんの両親、すっかり憔悴《しょうすい》して気の毒だったけど、本人はずっと不貞腐《ふてくさ》れた態度を取ってた。確かにああして変に拗《こじ》らせた人は、一度しっかり罰を受けないと駄目なのかも）

木内を解雇したあと、社長は「自分の見る目がなかったせいで、奥野に迷惑をかけた」と言って頭を下げてきた。燈子は「社長のせいではありません」と答え、その後会社に新しいアルバイトは入っていない。

社長が彼に任せようとしていた仕事は多く、解雇のきっかけとなってしまった燈子は少し罪悪感をおぼえている。

（仕方ないか。新しい人が入るまで、わたしがその分頑張ればいいもんね）

そのときふいにスマートフォンが音を立て、視線を向けた燈子はディスプレイを見て微笑む。

メッセージを送ってきたのは間宮で、内容は「今日は何時に仕事が終わる？」というものだった。

（「午後六時半には終わります」……送信、っと。もしかしたら頼人さんのほうが、仕事終わりは遅いかも。そうしたら、久しぶりに一人で帰ることになるんだな）

間宮との交際は、順調だ。

木内の事件のあと、燈子と気持ちが通じ合った彼は、翌日に突然「君は俺のマンションに引っ越してきたほうがいい」と言った。

『ここまでセキュリティの低い物件だと、また何があるかわからない。あの男がまた来る可能性だってあるんだから、いっそのこと俺と一緒に暮らそう』

燈子は慌てて「それなら自分で、別の物件を探す」と答えたものの、それは即座に却下され、引っ越しのプロの手によってわずか一日で間宮が住むタワーマンションへの転居が完了してしまった。

これまで使っていた家具類は処分し、私物だけをマンションに持ち込んだ形だが、それでも余裕のある広さがすごい。贅沢な暮らしにはまだ気後れするものの、最近は間宮との生活を楽しむ余裕が少しずつ出てきている。

そんな彼は、相沢夫人による粘着行為を夫である相沢氏に相談したらしい。そして現在交際してる相手がいること、それは光里の妹であることを話すと、彼はとても驚いていたそうだ。

『光里の妹とは……奥野さんの娘さんか。確かあの子を引き取った当時、夫人は妊娠されていた』

間宮は燈子との出会いの経緯、声をかけたきっかけこそ光里に似ていることだったが現在は内面に強く心惹かれていると説明し、相沢氏に頭を下げた。

『光里さんを忘れることは絶対にありませんし、それは燈子も了承してくれています。ですからどうか、僕が彼女と交際することを許していただけないでしょうか。お願いします』

それを聞いた相沢氏は、「君が頭を下げる必要はない」と言い、しみじみとした口調で答えたという。

『光里の妹と君が偶然出会い、惹かれ合うなんて、何だかとても運命的な気がするな。

こんな言い方はおこがましいかもしれないが、私としてもそのお嬢さんが他人という気がしないよ』

彼は間宮に対して「交際に関しては君の極めて私的なことで、こちらが意見する立場にない」と述べ、妻の行動について謝罪した。

『妻の行き過ぎた行為について、私はまったく関知しておらず、本当に申し訳なかった。彼女には君に迷惑をかけないよう、よく言って聞かせるつもりだ。二度と電話はさせないから、安心してくれ』

一方、燈子は両親に対して「実はつきあっている人がいる」と話し、それが光里の婚約者だった男性だと説明すると、二人は驚いた顔をしていた。

『光里の婚約者って……確かあの子の葬儀で見たわ。背が高くてスラッとした、いかにも仕事ができそうな雰囲気の人だった』

『一体どうやって知り合ったんだ？　お前とはまったく接点がなさそうなのに』

燈子が間宮と知り合ったきっかけから、三年前に亡くなった婚約者と自分がそっくりな事実に悩んで一度は別れを決意したこと、それが自分の姉であるのを知り、話し合って交際を継続するのを決めたことを話すと、母が感慨深げに言った。

『何だか、光里があなたたちを引き合わせてくれたみたいね。だって自分がいなくなったあとで婚約者が独り身でいるのを、ずっと心配してたかもしれないでしょう？妹である燈子なら、彼を任せてもいいと思ったのかも』

母の言葉を聞いた燈子は、「そうかな」と考えた。

（確かにこの広い東京で二度も偶然に顔を合わせるなんて、なかなかないよね。初めて事実を知ったときは「わたしが頼人さんとつきあうのは、きっとお姉さんが嫌がる」って考えて別れるつもりでいたけど、見方を変えて「わたしたちを引き合わせてくれた」って考えてもいいのかもしれない）

間宮と話し合い、交際を継続するのを決めた燈子だったが、彼に釣り合う人間になるのはかなり遠い道のりだ。

何しろごく一般的な家庭の出身である燈子と、元華族の家柄で生まれたときから上流階級の暮らしをしてきた間宮は、育ちがまったく違う。

彼の家族から認められるためには、最低限のマナーと身のこなし、知識を身につけなければならない。そう思い、燈子は一ヵ月前に銀座にあるスクールに入会し、仕事が終わったあとや休みの日を利用して、テーブルマナーや着付け、ワインやお茶などを学んでいた。

（今日は久しぶりにスクールがない日だから、家でゆっくりできる。頼人さんのマン

ション、広すぎて落ち着かないんだけどね）

日中の誰もいない時間に家政婦が入り、ハウスクリーニングや買い物などをしておいてくれるマンションは、ホテル並みに快適だ。

ラグジュアリーな空間で間宮に溺愛される日々は甘く、ときどき「夢かな」と思う瞬間がある。

（早く今の暮らしに慣れなきゃいけないのは、わかってるけど。……でもたまに、前みたいな過ごし方が懐かしくなるな）

彼に出会った当初は仕事終わりに待ち合わせをし、よく映画に行った。

シネコンではなく、ノスタルジックな雰囲気のミニシアターに行くのが特に好きで、そこで上映されるマイナー映画の感想を言い合うのがとても楽しかった。

（ときどき頼人さんが一人で行くっていう、穴場的なバーに連れてってもらうのも楽しかったな。たぶんわたし、そういう少し砕けた過ごし方のほうが好きなんだ）

だがそんな気持ちは、間宮には言えない。

彼の親族に認めてもらうには、どんなところに行っても落ち着いて振る舞えるよう、マナーを身に着けるのが先決だからだ。

（よし。今日は帰ったら、頼人さんにテーブルマナーを実地で教えてもらおう。せっ

かく身近にプロのホテルマンがいるんだから、利用しない手はないもんね）

そう前向きに考えた燈子は、残っていた仕事を片づける。そして午後七時に退勤した。

「お先に失礼します」

「お疲れさん」

会社の外に出ると、日中の名残を残した蒸し暑い空気が全身を包み込んだ。

夕暮れ時の空は水色に淡いピンクを溶かしたような色のグラデーションが美しく、西日が辺りを明るく照らしている。

少し離れたところに見慣れた間宮の車が停まっているのが見え、燈子はそれに歩み寄った。そして助手席の窓を軽くノックしたあと、ドアを開けて車に乗り込む。

「頼人さん、いつも迎えに来てくれてありがとう。今日はわたし、だいぶ早く終わったけど、そっちは仕事大丈夫だったの？」

「ああ。俺もちょうど打ち合わせが終わったところだったから」

運転席に座る間宮は、今日も涼やかで端正だ。

怜悧《れいり》な印象の顔立ちは整っていて、前髪が絶妙なバランスで目元に掛かっている。スーツが似合う体型は肩幅がしっかりしており、男らしい厚みがあって、シャツの首元から覗くしなやかな首筋に色気があった。

(……恰好いいな)

既に見慣れているはずなのに、気づけば毎回のように見惚れてしまう。

こんなにも人目を引く容姿の男が、自分の恋人なのだ。そう意識してじんわりと頬を熱くした燈子は、さりげなく目をそらしながら言った。

「ね、今日は帰ったら、テーブルマナーを教えてもらっていい？　今日はスクールがお休みだけど、家でできる勉強はしておきたくて」

「いや、今日は君を連れていきたいところがある」

「えっ？」

そう言って彼はハザードランプを切り、車を発進させる。

通りを曲がった車体が首都高速道路に入るのを見た燈子は、不思議に思って問いかけた。

「連れていきたいって、一体どこに？」

「すぐ着くよ」

高速道路を渋谷で降りた車は、淡島《あわしま》通りを世田谷《せたがや》方面に進む。

二十分ほど走って下北沢《しもきたざわ》に入り、パーキングで車を降りた燈子は、行き交う人々でにぎわう商店街を歩き出したところでつぶやいた。

「ねえ、もしかして連れていきたいところって……」

「ああ。映画館だ」

連れてこられたのは、ビルの二階にあるミニシアターだった。

小劇場が多くある下北沢の中でもコンパクトな造りで、定員は立ち見も含めて五十五名だ。

ショートフィルムや映画館プロデュースの作品、ドキュメンタリー映画を上映していて、ここでしか観られない作品が多くある。

燈子はもちろん以前から知っており、好きな映画館のひとつだった。階段を上がりながら、燈子は間宮に問いかけた。

「どうしていきなり、ここに？」

「最近の君がいろいろ詰め込みすぎて、キャパオーバーに見えたから。仕事の忙しさの他に、マナースクールに通ったり、eラーニングでも勉強してるだろう？ 頑張っているのはわかるが、少しリラックスしてほしくて」

彼はこちらを見つめ、微笑んで言った。

「君にとっての息抜きはやっぱり映画かなと思って、ここに連れてきたんだ。前に俺がそうしてもらったとき、すごくうれしかったから。嫌だったか？」

「ううん、そんなことない」

間宮が自分のことを気にかけてくれていたのだとわかり、燈子の胸がじんとする。

ちょうど今日、会社で以前の映画デートのことを思い出していただけに、こうして久しぶりにミニシアターにやって来て気分が高揚していた。

燈子はわくわくしながら問いかけた。

「何が上映されてるの？」

「インドの山間部を舞台にした、音楽ドキュメンタリーだ」

「面白そう」

レトロな雰囲気のロビーでチケットを購入し、中に入る。

座席数が四十五しかないシアターはこぢんまりしており、黄色い座席がポップで可愛らしかった。

映画はインドの北部、ミャンマーとの国境近くの州が舞台で、棚田の田園風景が美しく、インド文化の多様性を垣間見ることができる。

村人たちが男女問わず農作業をしながら口ずさむ歌が棚田に響き渡る様は圧巻で、観終えたときは深く静かな感動に満たされていた。

明るくなったシアターの外に出た燈子は、ほうっとため息を漏らしてつぶやいた。

「すっごくいい映画だった。独立闘争とかの政治的な複雑さを背景にしてるけど、村人たちの歌がとにかく素晴らしくて、魂を揺さぶられる感じだったね」

「民俗学とか、民族音楽的にもかなり貴重な映像だったな。美しい風景の中に響く歌声に、大地と共に生きる力強さを感じた」

映画の内容も良かったが、燈子にとってはこうして間宮と感想を言い合えることが、何よりもうれしい。

そんな気持ちが表情に出ていたのか、彼がふいに問いかけてきた。

「——元気出たか?」

「えっ?」

「そうやって映画について話してるときが、燈子は一番生き生きしてる。この一ヵ月、君は俺のためにいろいろな勉強を始めたけど、その真剣さに驚いていた。どれも片手間にやっているんじゃなくて、『本当に知識を身に着けたい』って考えてるのがその姿勢から伝わってきて、頭が下がる思いだった」

人通りがだいぶまばらになった商店街で足を止めた間宮が、「でも」と言ってこちらを見る。

「一生懸命俺に合わせようとしてくれるのは確かにうれしいが、無理をさせたいわけじゃない。俺は映画が好きで、いつも溌剌としていて、よく食べてよく笑う素の燈子を好きになったんだ。君のそういう部分は、消さないでほしい」

「……っ、でも、この先も頼人さんと一緒にいるためには、最低限のマナーを身に着けてないとあなたが恥をかくでしょう？　それにご両親だって……」

品性の欠片《かけら》もない一般庶民の女が息子の妻になるといっても、絶対に賛成しないのではないか。

そんな燈子の言葉を聞いた彼が、微笑んで言った。

「もちろんマナーは覚えていて損はないし、身に着けていれば役立つときもある。燈子が懸念しているのは俺の両親の反対だと思うが、心配はいらないよ」

「えっ？」

「うちの両親に君の話をしたら、とても喜んでいた。三年前に光里を亡くしてから結婚する気がなかった俺が、いきなりそういう気になったのは燈子のおかげだと説明したら、『ぜひ会ってみたい』って言ってね。君が映画配給会社で働いているとか、ご実家が洋食店を営んでいるとか、俺の肩書や家名に興味がない女性だというのを聞いて、すっかり興味津々だった」

燈子は戸惑い、間宮を見る。

いわゆる名家と呼ばれる家系で上流階級に属する彼の両親は、てっきり息子の結婚相手には厳しい条件を課すものだと思っていた。

家柄だけで眉をひそめられる覚悟をしていた燈子は、困惑して間宮に問いかける。

「あの……興味津々って、いい意味で？　普通そういうのを聞いたら、『息子の相手としてふさわしくない』って思うんじゃないの？」

「いい意味でだよ。実は俺の両親は熱烈な恋愛の果てに結婚したそうで、息子の色恋に口を挟む気は最初からなかったらしい。『お前の人を見る目を信用してるから、相手のお嬢さんを自信を持って連れてきなさい』って言われたよ。だから完璧さを求めて頑張らなくても、そのままの燈子でいいんだ」

彼は腕を伸ばし、燈子の髪に触れると、笑って言葉を続けた。

「俺はこうして同じ映画を観て感動を分かち合えたり、美味しいものを食べて笑顔になったり、仕事に一生懸命取り組む〝普通〟の君が好きだ。無理にこっちに合わせようとしなくても、俺のほうからも歩み寄れば、二人の間のギャップはぐんと縮まる。それで少しずつ折り合いをつけていけば、互いに心地いい関係になれると思わないか？」

「……頼人さん」

これまでの燈子は、「間宮のほうに合わせよう、そうしなければ彼に恥をかかせてしまう」と考え、自らに強いプレッシャーをかけていた。

だが彼のほうからも歩み寄る姿勢を見せてくれ、心がふっと軽くなった気がする。

燈子はポツリとつぶやいた。

「……いいのかな、それで」

「もちろんいいよ」

「頼人さんは気づいてないと思うけど、わたし、実はぐうたらで、料理以外の家事は全然得意じゃないの」

前のアパートでは、間宮を招くときだけちゃんと片づけていたのだと告白すると、彼は事も無げに言う。

「うちはハウスクリーニングを入れてるから、苦手な部分は外注で解決できる。現に今もそうしてるし、君が掃除や片づけが得意ではないとしても、まったく問題はない」

「この際だから白状すると、フランス料理のコースとかは堅苦しくてちょっと緊張しちゃうんだ。早く慣れなきゃいけないと思ってるし、マナー教室でも勉強してるけど、本当は家で好きな料理を作って飲むのとかが好きで」

「いいよ。俺も君の手料理を食べたいし、たまにはそういう過ごし方をしよう」

間宮が笑い、問いかけてきた。

「他には？　俺は君の生活スタイルに、極力合わせるつもりでいる。何でも言ってくれ」

「えっと、他は……特にないけど」

そこでふと思いつき、燈子は顔を上げてつけ足す。

「これからも今日みたいに、映画デートしたいな。ほら、わたしたちの出会いのきっかけってそれだし、やっぱり頼人さんと感想を言い合うのってすごく楽しいから」

「そんなのはお安い御用だ」

時刻は午後九時過ぎで、空はすっかり暗くなっていた。

これまで感じていた重圧から解放され、軽くなった気持ちで「このあと何食べる？」と言いながら歩き出す燈子を、間宮がふいに呼び止める。

「――燈子」

「なあに？」

「結婚しよう」

さらりと告げられた言葉に驚き、燈子はまじまじと彼を見つめる。

そしてしどろもどろに言った。

「あ、えっと……頼人さんのことはすごく好きだし、もちろん将来的にそうなれたらなって思ってるけど、早すぎやしない？　だってわたしたちは……」

出会ってから、まだ三ヵ月しか経っていない。

そんな燈子の言葉に対し、間宮が明瞭な声で答える。

「交際期間はまったく関係ない。光里が亡くなったあとに初めて心を動かしたのが君で、俺は全部を好ましく思ってる。一緒にいるととてもリラックスできるし、うちの両親も取り立てて反対する気はないようだ。つまり障害は、何もないことになる」

「でも」

「俺に粘着していた相沢夫人については、彼女の夫である相沢氏と話をしてもう解決してる。『今後は個人的な連絡をしないよう、よく言って聞かせる』と約束してくれたから、何も心配しなくていい」

立て板に水のごとく説明し、彼は「ああ、それと」と言った。

「神崎に関しては、『燈子を傷つけるつもりなら、二度と会わない』と通告しておいた。ただし彼が心から謝罪するつもりなら、受け入れるのもやぶさかではない。とはいえ君にはしばらく接触させるつもりはないから、安心してくれ」

「………」

「他に何か問題があるか？　何より俺は君を愛していて、この先一切よそ見をする気はない。俺のすべてを懸《か》けて、君を生涯守ると誓う」

夜のネオンに照らされる間宮の顔は秀麗で、その眼差しには一点の曇りもない。

彼が真摯な口調で告げた。

「だから燈子、――俺と結婚してほしい」

「………」

心がじんと震え、燈子は目の前の間宮をじっと見つめる。

確かに知り合ってからの期間は浅いが、彼の真面目な性格は信頼でき、とても誠実な人だとわかっている。

何より感性が合うことが、一緒にいて心地いい理由かもしれない。物事を似た尺度で見ることができ、感覚を共有できる――それは何よりも得難い幸せだと、心から思った。

（それに……）

自分たちの間には光里という存在があり、おそらく一生消えることがないが、それを不快だとは思わない。

むしろ彼女が繋いでくれた縁だと感じ、絆《きずな》をより強固にしてくれている。燈子は笑って言った。

「わかった。……頼人さんと、結婚する」

「本当か？」

「うん」

おそらくこれからの道のりは平坦ではなく、すべてが順風満帆というわけにはいかないだろう。

だが間宮となら、きっと乗り越えられる。何事もこんなふうに話し合って、解決していける——そう強く信じられた。

燈子はふと噴き出して言った。

「わたし、いつか頼人さんがプロポーズをしてくれるなら、夜景が見えるフレンチレストランとかかなーって漠然と考えてたんだけど、まさかこんなごちゃついた商店街の真ん中とは思わなかった。ちょっと意外」

「それは……今、急にプロポーズしたくなったから」

ばつが悪そうな顔の彼は歯切れ悪くそう答え、すぐに表情を改めて告げる。

「だが燈子が望むなら、そのとおりのプロポーズをしよう。まずは知り合いのジュエリーショップオーナーに相談して、最高級の婚約指輪をオーダーする。それから間宮グループが持っているホテルで一番グレードの高いレストランを押さえ、貸し切りにするよ。シェフに特別メニューを作ってもらい、最高のシチュエーションでプロポーズのやり直しをさせてもらうが、どうだろう」

「そ、そういうのはいいから！」

行き交う人の姿がまばらな商店街の真ん中で、燈子は慌てて間宮を制止する。

すると彼は「まあ、このプランはもう少し詰める必要があるな」と思案顔でつぶやき、燈子の手を握って言った。

「とりあえずは帰ろうか、俺たちの家へ」

「――……」

握り合った手のぬくもりに、じんわりと幸せな気持ちがこみ上げる。

こうして間宮がしっかりと手を握っていてくれるなら、何も怖くない。自分らしさを失くさないままでこの先も歩いていけると、揺るぎなく信じることができる。

燈子は笑い、その手を強く握り返して言った。

「うん。――帰ろう」

手を繋いでパーキングまで歩きながら、今後のことをあれこれと話し合う。
幸せな二人を月明かりがほんのりと照らし、足元を夜風が緩やかに吹き抜けていった。

あとがき

こんにちは、もしくは初めまして、西條六花《さいじょうりっか》です。

マーマレード文庫さんで四冊目となる『身体から始まる極上蜜愛～完璧御曹司に心まで堕とされました～』をお届けします。

今回の作品のヒロインである燈子は映画配給会社勤務、ヒーローの間宮はホテルグループの御曹司で、映画館での出会いがきっかけで始まるラブストーリーとなりました。

実は間宮はある人物と燈子を間違えて声をかけており、彼女の存在がお話のキーポイントとなっています。

間宮はホテルの新規開業に携わるポジションなのですが、お話を書くに当たっていろいろと調べてみると、今は本当にすごいホテルがたくさんあるのですね……！

一日数組限定の隠れ家的なホテルや、リゾート気分が味わえるホテル、純和風の高級旅館など、見ていると旅行に行きたい気持ちでいっぱいになりました。

一方、映画関係も調べてみると、これまた観てみたい作品がたくさんありました。

わたしは定額制動画配信サービスに加入しているのですが、忙しくて二時間かかる映画はなかなか観られず、毎月お金を無駄にしております。年末近くに何本かゆっくり観られたらいいなというのが、目下の目標です。

本作のイラストは、ムラシゲさまにお願いいたしました。このあとがきを書いている段階ではまだ完成したものを拝見できていないのですが、とてもきれいな絵柄の方ですので、仕上がりを楽しみにしております。

担当Yさま、毎回お電話で元気が出るようなうれしいことを言ってくださり、ありがとうございます。お仕事でお返しできるように頑張ります。

そしてこの本を手に取ってくださった皆さま、読んでくださる方々がいるおかげで今回も出版することができました。感謝の気持ちでいっぱいです。

この作品が、皆さまのささやかな娯楽になれましたら幸いです。またどこかでお会いできることを願って。

西條六花

マーマレード文庫

身体から始まる極上蜜愛
～完璧御曹司に心まで堕とされました～

2021年10月15日　第1刷発行　定価はカバーに表示してあります

著者　西條六花　©RIKKA SAIJO 2021
発行人　鈴木幸辰
発行所　株式会社ハーパーコリンズ・ジャパン
東京都千代田区大手町1-5-1
電話　03-6269-2883（営業部）
0570-008091（読者サービス係）
印刷・製本　中央精版印刷株式会社

Printed in Japan ©K.K. HarperCollins Japan 2021
ISBN-978-4-596-01537-2

m a r m a l a d e b u n k o